Carson McCullers

[美]卡森·麦卡勒斯 著 斯钦 译

婚礼的成员

GUANGXI NORMAL UNIVERSITY PRESS
广西师范大学出版社
·桂林·

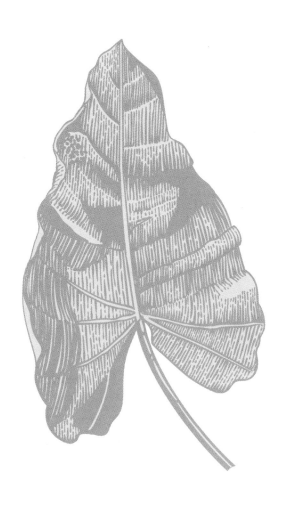

目　录

第一部分

1

故事发生在弗兰奇十二岁那年那个让她不安的夏天。她没有参加任何俱乐部，每天只是在大门口晃来晃去给自己找事情做。时间一晃到了六月，树叶看着亮闪闪的，不过亮到后来就不亮了，镇子也跟着暗淡下去，在耀眼的太阳底下缩成黑色的一团儿。清早或傍晚的时候，灰突突的街道看着还不算那么热，可到了中午，强烈白灼的太阳把路面烤得像块亮晶晶的玻璃，人走在路上像是走在火上，到最后弗兰奇出去便觉得脚底下烫得走不成路，再加上她自己有了些烦心事，而且这烦心事还不是一桩两桩，于是便觉得最好待在家里——家里至少有贝莉尼斯·赛迪·布朗和约翰·亨利·西陪她。他们仨坐在厨房里聊天，就那几件事情，却可以聊个没完，到最后每个人说起话来听上去像押着韵似的奇怪。世界似乎不动了，像是看不到一点涟漪的死气沉沉的水面。在弗兰奇眼里，这个夏天就像个梦，一个令人不安的不好的梦，要不就是玻璃底下的森林，阴森森地让人瞧着不舒服。直到八月最后一个星期五，这一切才有所改变；不过这改变来得太突然，以至于弗兰奇琢磨了一个下午，也没琢磨明白。

"好奇怪，"她说，"就这么发生了？"

"发生？发生什么？"贝莉尼斯问。

约翰·亨利看着她俩，一声不吭。

"从来没有这么想不通过。"

"想不通什么？"

"想不通整件事情呀。"弗兰奇回答。

贝莉尼斯不客气地说："我看你是给太阳烤糊了脑袋瓜儿！"

"就是。"约翰·亨利小声说。

连弗兰奇自己也差点这么认为。当时是下午四点，厨房里静悄悄灰突突的。弗兰奇坐在桌旁，眼睛半闭，脑子里想象着一场正在举行的婚礼——雪花静悄悄地打在教堂的彩色玻璃上。新郎是她的哥哥，一束亮光照在哥哥脸上，新娘穿着白色的拖尾婚纱，可是她的脸很难看清楚。弗兰奇很难形容这是一种什么样的感觉。

"看着我！"贝莉尼斯说，"你嫉妒了！"

"嫉妒？"

"你哥哥要结婚了，所以你嫉妒！"

"才不是呢！"弗兰奇说，"是因为我从来没见过像他们那样的。今天早晨他们两个进屋时看上去是那么奇怪！"

"你就是嫉妒！去镜子那儿好好瞧瞧！反正我是从你眼睛里看出来了！"贝莉尼斯说。

厨房水池的墙上挂着一面雾蒙蒙的镜子，弗兰奇跑过去，瞧着镜子里的自己：眼睛还是灰色的。这个夏天她又长个儿了，镜子里的她看上去像个傻大个儿，肩膀窄不说，腿还那么长。她穿一件富士纺牌子的汗衫和一条蓝色的运动裤衩，光着脚，发型是男孩子的发型，可是因为好长时间没剪，现在中分线都看不到了。不过镜子会把人照得丑，弗兰奇很清楚自己到底长什么样，她把左肩膀稍微抬高一点，侧过脸，打量着镜子里的自己。

"嗯，"她说，"他们俩是我这辈子见过的最漂亮的人。不过，我还是不明白——"

"不明白什么，傻瓜！"贝莉尼斯说，"你哥哥带回家一个女孩儿，他要和她结婚，两个人今天要请你和你爸爸一起吃晚饭。星期天他们打算在那姑娘的家乡冬山镇举行婚礼，你和你爸爸也要参加。这事儿从头到尾就这样，你难过个什么劲儿？"贝莉尼斯说。

"我也不知道。"弗兰奇说，"我打赌对他俩来说，婚礼的每一分钟都是愉快的。"

"我们不也过得挺愉快？"约翰·亨利说。

"愉快？！"弗兰奇反问道，"你说我们过得愉快？！"

三个人坐在桌旁玩着桥牌，贝莉尼斯发牌。打从弗兰奇记事起，贝莉尼斯就在她家当厨子。她是个宽肩膀的女人，个头不高，皮肤黝黑。她和别人说她三十五岁，已经说了三年了。她给自己头上编了好多条小辫子，油渍麻花地贴着头皮，她的脸又宽又扁，表情呆板，五官总体没啥大毛病，只有一样东西让人看着别扭，那就是她的左眼珠——那只眼珠是蓝色的，而且是特别亮的蓝色，这样一个眼珠安在一张黑乎乎的扁脸上，看人时直勾勾地盯着一个地方，好像不受主人控制。至于贝莉尼斯为啥给她自己安了一只蓝色的假眼珠，没人知道。她右边那只眼珠是黑色的，眼神愁苦。贝莉尼斯慢吞吞地发着牌，不时把大拇指伸进嘴里舔一下，用被唾沫沾湿的指尖分开黏在一起的牌。约翰·亨利瞪大眼睛，紧紧盯着贝莉尼斯发牌的手，他敞着怀，露出胸前一块白生生的汗津津的皮肤，脖子上系了一圈儿绳子，绳的末端拴着一个铅做的毛驴坠子。他是弗兰奇的堂弟，常来她家玩儿。如果他在弗兰奇家吃中午饭，就一整个白天待在她家，如果在她家吃晚饭话就一整晚待在她家，撵都撵不走。他今年六岁了，人长得比实际年龄要小，除了膝盖。他那一对膝盖可以说是弗兰奇见过的世界上最大的膝盖，而且不是生着疖疮就是裹着绷带，因为他总是摔倒，一摔倒就蹭破膝盖。约翰的脸很小，皱巴巴的一看就还没长开，鼻子上架了一副金丝边眼镜。因为输了牌，约翰·亨利万分认真地盯着每一张牌。他已经欠了贝莉尼斯五百多万。

"我出红心。"贝莉尼斯说。

"那我出方块。"弗兰奇说。

"我先出！"约翰·亨利说，"我正要出方块呢！"

"谁让你不先叫牌！是我先叫的牌！"

"你真是头毛驴！"约翰·亨利抗议道，"这不公平！"

"别吵！"贝莉尼斯说，"说真的，我就不信你俩敢叫我的牌，我现在出俩红心。"

"我就出方块咋地！"弗兰奇说，"我才不管你们出什么呢！"

确实也是，那个下午弗兰奇打起牌来和约翰·亨利有得一拼——抓到什么都敢出！三个人坐在愁云笼罩丑陋无比的厨房里。厨房的墙上，凡是约翰·亨利手能够到的地方都画满了画，厨房看上去像是疯屋子^①里的某个房间，搞得弗兰奇一打量这间屋子就觉得满心的不舒服，可究竟是一种什么样的不舒服，她说不出来，只感觉自己的心脏仿佛要从胸膛里跳出来，砰砰地敲打着桌子边儿。

"世界太小了。"她说。

"为什么这么说？"

"我想说世界太快了。"弗兰奇说，"世界转得太快了。"

"真搞不清你！一会儿小！一会儿快！"贝莉尼斯说。

弗兰奇眯缝着眼睛，她觉得自己的声音太难听了，吱吱嘎嘎的，像是从远处传来。

"我是说它太快了。"

弗兰奇以前从来没有认认真真地想过婚礼。直到昨天她得到消息，自己唯一的哥哥——贾维斯要结婚了，才意识到在这个世界上，还存在"婚礼"这样的事情。哥哥去阿拉斯加之前和冬山镇的一个女孩订了婚。他在阿拉斯加驻防了将近两年，现在是一名下士。兄妹俩好长时间没见了，每次想起哥哥，弗兰奇总感觉哥哥的脸像是蒙了一层东西，模模糊糊地很难看清楚，好比水面下的一张脸，飘忽不定变来变去。说到阿拉斯加，那是弗兰奇一直向往的地方，特别是今年夏天，只要一提到阿拉斯加，她的眼里便会出现雪、结了冰的大海、冰山、因纽特人的小冰屋子、北

---

① 疯屋子（crazy-house），这里指公园里的一种提供给游人玩的房间，里面有哈哈镜、滑梯等娱乐项目。

极熊和美丽的北极光等景象。哥哥去阿拉斯加的第一年里，弗兰奇曾经给他寄过一盒软糖，她把每块糖都用蜡纸一一包过，想到自己送哥哥的糖会被那些阿拉斯加人吃掉，她心里就激动，激动得仿佛自己亲眼看见了哥哥转着圈儿给那些一身毛茸茸打扮的因纽特人发糖吃似的。三个月后，她收到哥哥的回信，说谢谢她，信里还夹了五美元。打那以后弗兰奇几乎每个星期都会往阿拉斯加寄一包软糖，有时候也用奶糖代替，不过她再也没有收到哥哥寄回来的钱，除了圣诞节那次。后来哥哥给爸爸写了一封信，信里说他常去游泳，还说阿拉斯加的蚊子多得吓人，弗兰奇看到这封信后，心里困惑了好几天[1]，可以说这封信着实搅扰了弗兰奇对阿拉斯加的向往，不过几天后她便忘了这件事，她心里的阿拉斯加重新变回到那个紧邻大海的白色冰雪世界。这一次哥哥从阿拉斯加出来，直接去了他的新娘简妮斯·伊娃所在的冬山镇，还发来电报说他和新娘这个星期五返家，然后于星期天再离开，去一百英里远的冬山镇举行婚礼。弗兰奇和父亲也在邀请之列。弗兰奇早早就准备好行李，数着日子盼望着哥哥和他的新娘快点回来，但是她从来没想过这场婚礼会和自己有什么关系，可以说，她甚至都没想过还有婚礼这事儿。就在哥哥和他的新娘回来的前一天，她还对贝莉尼斯说：

"我认为这就是巧合！贾维斯先是去了阿拉斯加，然后又和一个冬山镇的女孩结婚，冬山……"她郑重地重复了一遍"冬山"俩字，又闭上眼睛——她这么做是为了把"冬山"俩字和她梦中

---

[1]　这里指阿拉斯加在弗兰奇的心目中很冷很美，不应该有蚊子。

的阿拉斯加以及冰雪联系在一起。"要是明天不是星期五而是星期天就好了，那样我就可以早点离开咱们这个镇子。"

"星期天会来的。"贝莉尼斯说。

"谁知道呢！"弗兰奇说，"我早就想离开这个镇子了！我希望婚礼结束后我可以不回来！永远不回来！我还希望自己有一百美元，我拿着这一百美元离开咱们这个镇子，再也不回来！"

"你希望的事情可真不少！"贝莉尼斯说。

"我希望我成为别人，只要不是我自己就好！"

这个下午就这样了，和任何一个八月的下午毫无区别。弗兰奇在厨房里晃悠了一个下午，天快黑的时候她去了后院。后院里有座凉亭，凉亭外爬满了葡萄藤，太阳落山的时候，凉亭是深紫色的。弗兰奇晃晃悠悠地走过去，看见约翰·亨利手揣在兜里，一条腿架在另一条腿上，坐在凉亭里的柳条椅子上。

"你在这里做什么？"弗兰奇问道。

"我在想事儿。"

"想啥事儿？"

约翰·亨利不说话了。

凉亭是弗兰奇以前常来的地方，可这个夏天她长高了，凉亭盛不下她了。那些和她年纪一般大的女孩还常常过来这里玩，她们在凉亭里排演节目，玩得很开心，就连个子矮的女人也可以在凉亭下走来走去，可是弗兰奇不行，她长得太快，凉亭已经盛不下她了！所以她只能像大人那样，在凉亭外面散会儿步，或者在凉亭边儿上找个地方坐下来。弗兰奇挨着凉亭站下，夜色正在一点点地降临，她看着缠绕在一起的灰黑色的葡萄藤，闻着碾碎的葡萄和泥土散发出的味道，心里突然害怕起来，究竟是什么东西让她感到害怕，她不知道，总之就是害怕。

"这样好了！"她对约翰·亨利说，"你要是和我一起吃晚饭的话，我就同意你在我家睡觉。"

约翰·亨利从口袋里掏出手表，眼睛盯着表盘，好像手表可以告诉他要不要去弗兰奇家似的，可是凉亭里的光线那么暗，他肯定看不清表盘上的数字。

"你回家告诉帕特姨妈一声，我在厨房等你。"弗兰奇对约翰·亨利说。

"嗯。"

弗兰奇还是害怕。傍晚的天空颜色暗淡，看着空空荡荡，而院子里已经黑了下来，只有从厨房窗户那里透出一小块光来，好像黑乎乎的夜幕上垂着一块四四方方的橘黄色的东西。弗兰奇突然想到那三个小鬼，她从小就知道院子里那间放煤的屋子里住着三个小鬼，其中一个小鬼还戴着银项圈。

她往厨房后门跑去，刚一跳上台阶就嚷道："我要邀请约翰·亨利来家吃晚饭！晚上他和我一起睡觉！"

贝莉尼斯正在和面，案板上撒满了面粉，她把手里的面团往案板上一放，说："你不是说你讨厌他吗？！"

"我是讨厌他呀！"弗兰奇说，"可是我觉得他自己一个人待着会害怕。"

"害怕什么？！"

弗兰奇摇摇头："我是说，他看上去孤零零的。"——她终于找到了一个合适的词。

"那就让他来！我留出块面团给他玩！"

和黑乎乎的院子比起来，厨房显得明亮而温暖，但是有一样东西弗兰奇不喜欢，那就是墙——上面画满了圣诞树、飞机以及手捧鲜花、模样奇怪的士兵。那是在六月份，也是一个漫长无聊的下午，约翰·亨利开始了他在厨房墙上的创作，有了这第一步后，他便彻底放开了，想起什么画什么，把墙糟蹋得不成样子，后来弗兰奇也学他，在墙上画起画来。爸爸一开始很生气，后来不生气了，说他们想画啥就画啥，大不了到了秋天他再把墙重刷一遍。一开始弗兰奇觉得没什么，可是随着夏天的到来，天天长的没有个头儿，弗兰奇开始讨厌起这几面墙来。今天晚上，弗兰奇突然觉得厨房看上去是那么陌生，陌生得让她害怕。

弗兰奇站在厨房门口犹豫着："我也是刚刚想起来让他来咱们这里玩的。"

天黑时约翰·亨利出现在弗兰奇家的后门。他背着他那个只有出去度周末时才会背的旅行包，身上穿一件通常去看演唱会时才会穿的雪白的制服，皮带上挎着一把玩具短剑，脚上还穿了袜子和鞋。虽然约翰·亨利只有六岁，可是他见过下雪。那是去年冬天，他跟着他家里的人去了趟伯明翰，他们在那里见到了雪。弗兰奇十二岁了，可是她从来没见过下雪。

"我帮你把包放好，你去做你的饼干小人。"弗兰奇对约翰·亨利说。

"好。"

拿到面团后约翰·亨利没有玩别的，而是直接做起了饼干小人，他做得很认真，时不时抬起小手扶一下眼镜，似乎在看哪里还需要改进。后来他干脆拉过一把椅子，跪在上面，把身子趴在桌子上做着他的饼干小人，认真的样子像一个埋头工作的小钟表匠。很多小孩通常会给面团插满葡萄干，但约翰·亨利没有，他从贝莉尼斯给他的葡萄干里挑出来两颗当饼干人的眼睛，可能觉得一颗葡萄干当眼睛有点大，他把它一掰两半，分别安在饼干小人两只眼睛的位置，他又挑出两粒葡萄籽当了饼干小人的两个鼻孔，用一个裂口的葡萄干做了小人的嘴巴。做完后他把两只手往屁股上蹭了蹭，满意地看着面前的小人：它有十个手指头，每个手指头都分得很开，头上戴着小帽，手里还拎着一根拐杖。这个饼干小人显然耽误了约翰·亨利不少工夫，因为面团已经给他捏得变了颜色，看上去灰了吧唧、潮乎乎的。但是不管怎么说，它看上去很完美，而且，它的模样和约翰·亨利很像。

"我们现在就吃饭。"弗兰奇说。

两个人在厨房里的桌子旁坐下，贝莉尼斯挨着他们坐。爸爸刚才打来电话说珠宝店里还有点活儿没忙完，要晚些回家，叫他们不要等他。贝莉尼斯把饼干小人从烤箱里拿出来，它和弗兰奇见过的那些饼干小人没什么两样。烤炉让饼干小人膨胀了好多，十个手指头粘在了一起，拐杖看上去就像条尾巴似的。但是约翰·亨利似乎并不觉得有什么不好，他用手帕擦擦眼镜戴上，一边打量着饼干小人，一边拿了点黄油在饼干小人的左脚上抹着。

这是八月的夜晚，天很黑，空气里弥漫着热烘烘的气息。客厅里回响着不止一个电台的广播声：一个人正在谈论战争，谈着谈着突然插进来一段广告，而且，这些声音底下一直有一首懒洋洋的歌曲在唱，弗兰奇知道那个乐队的名字，他们总爱出一些听上去甜腻腻的歌曲。收音机响了一个夏天，屋子里的人已经习惯了从里面传出来的乱七八糟的声音，听到了也好像听不到似的。除非有时候太嘈杂了，嘈杂得盖过了他们之间的说话，弗兰奇才会走过去把音量拧小一点。总之，这个夏天就是这样，收音机天天开着，音乐声、人声混在一起，时远时近，听上去别扭得很，到了八月的时候几个人干脆任由它那么响着，假装听不见。

"你想做点什么？"弗兰奇问，"你想让我给你读《汉斯·布林克尔》①还是我们做点儿别的什么？"

"做点别的。"约翰·亨利说。

"做什么呢？"

"我们去外面玩。"

"我不想去！"弗兰奇说。

"那些孩子说今天晚上他们要出来玩。"

"你没长耳朵吗？！"弗兰奇说，"没听见我刚才说的是什么吗？！"

约翰·亨利站在那里，膝盖打着弯儿，沉默一会儿后说："我还是回家吧。"

"为什么要回家？你不是说要在我家待一晚上的吗？你吃了我家的饭就想走？"

"我就知道你会这样说。"约翰·亨利小声说。收音机还在响，屋子外传来孩子们的吵闹声，和收音机里的声音混在一起。

"我们还是出去玩吧，弗兰奇，你听，他们在外面玩得多

---

① 《汉斯·布林克尔》（*Hans Brinker*）是一本书。

开心！"

"开心个屁！"弗兰奇说，"那群笨蛋丑八怪！光知道跑来跑去，喊来喊去，可那样有意思吗?！我们现在就去楼上，先帮你把包卸下！"

弗兰奇的房间是一间从主屋接出来的阳台，从厨房出来，走上一座楼梯就可以到她的房间。房间里摆着一张铁床，一张写字台和一张桌子，还有一个带开关的马达；马达可以磨刀，如果指甲很长的话，也可以拿它锉指甲。靠墙放着一个行李箱，箱子已经打包好了，准备去冬山镇的时候带上。桌子上放着一台老式打印机，弗兰奇来到桌前坐下，思谋着用这台打印机写封信啥的，可想了半天也没有想到该写给谁——她已经给所有给她写过信的人回了信，有的人还不止回了一封。她用雨衣把打字机盖好，把它推到旁边。

"我可以回家吗?"约翰·亨利说。

"不行，"弗兰奇头也不回地拒绝约翰·亨利道，"你去那边儿坐着，去玩我的马达。"

弗兰奇有一个大圆玻璃球和一只海螺壳。只要轻轻一摇那个玻璃球，里面就纷纷扬扬地飘起一些白色的东西，像是暴风雪里的雪花。弗兰奇最喜欢把眼睛贴近玻璃球面，看里面飞舞的雪花，每次都要看到眼睛被晃得难受为止。至于那个淡紫色的海螺壳，只要她把它贴近自己的耳朵，就能听到墨西哥湾那让人心里感到温暖的海潮声，同时一个巴掌大小的绿色小岛立刻出现在弗兰奇的眼前。她还常常梦到阿拉斯加。梦中她爬上一座冰山，山是白的，周围的一切都是白的，一眼望不到头。太阳照在冰上，反射出五颜六色的光，梦里还有声音，还有其他一些东西，到处飘着白色的雪花。虽然雪花落下的样子温柔极了，但人在梦里还是觉得冷得要命。

"快看！"约翰·亨利冲着窗户外嚷道，"那些高年级的女孩儿正在开派对！在俱乐部里！"

"闭嘴！"弗兰奇气急败坏地说，"别在我面前提那些疯子！"

离弗兰奇家不远有一家俱乐部，可弗兰奇不是那里的会员。俱乐部里尽是些十三四岁的女孩儿，也有十五岁的。她们每个星期六晚上都在俱乐部里举行舞会，里面还有男孩子。弗兰奇和那些女孩儿很熟，以前她们常在一起玩儿，可是自打这个夏天俱乐部成立后，那些女孩儿就不理弗兰奇了，原因很简单，弗兰奇不是会员。那些女孩儿对弗兰奇说她年龄太小，又爱生气。每到星期六，从俱乐部里就传出很吵的音乐声，隔着老远就可以看见从里面透出来的灯光。有时候弗兰奇会跑到俱乐部后面的小巷子里，躲在金银花树丛后面，悄悄向里张望，听着从里面传出来的音乐。每次舞会都要很晚才结束。

"也许有一天她们会改变主意，邀请你去呢！"约翰·亨利说。

"她们不是好人！"

坐在床边的弗兰奇缩着肩膀，两只胳膊肘放在大腿上，她抽抽鼻子，又抬起胳膊用袖子蹭了蹭，"我猜她们和全镇子的人一样，说我身上有味！"她说，"就是我身上长疖子涂了黑药膏的那段时间，身上闻着有点苦兮兮的，可海伦·弗兰彻居然跑来问我身上是什么味儿。哼！我真想用手枪打死她们，把她们一个个打死！"

约翰·亨利跑过来，爬到床上，弗兰奇没有抬头，约翰·亨利抬起小手拍了拍弗兰奇的脖子，他的手很轻，说："我不觉得你身上有味，你闻上去好香！"

"她们不是好人！"弗兰奇继续说道，"她们天天议论结婚什么的，尽说些让人感到恶心的话！她们就是在撒谎！骗人！结果我现在老想帕特姨妈和艾斯特斯姨父是不是就像她们说的那样。还有我爸爸，难道也是像她们说的那样的吗？她们以为我是傻瓜？！"

"每次你进屋子，我不看都知道是你，因为你闻起来很香，像是一百朵花在开！"

"我才不在乎自己香不香！"弗兰奇说，"才不在乎呢！"

"像是一千朵花开了。"约翰·亨利用黏糊糊的小手拍着弗兰奇的后脖子。

弗兰奇坐直了，用舌头舔舔嘴角的泪水，又撩起衬衫下摆擦擦脸，除了鼻子还在一抽一抽的，她整个人看上去平静了好多。她走到行李箱跟前，从里面拿出一瓶"甜美夜曲"牌香水，往手掌里倒了一些，然后抬起手摩挲一下脑瓜儿顶，最后又往衬衫领口里倒了一些。

"你要吗？"

约翰·亨利跑到行李箱前蹲下，行李箱敞着盖子，约翰·亨利把手伸进去翻着。弗兰奇站在行李箱旁，往约翰·亨利的身上喷了几滴香水，约翰·亨利打了个激灵。约翰·亨利似乎要把行李箱翻个遍，可弗兰奇不愿意他这样翻自己的箱子，她只要约翰·亨利对箱子里的东西有个大概印象就行，或者说知道她有什么没有什么就够了，不用一件一件地数，于是不等约翰·亨利看完她就合上箱子，扣好后重新把它推到墙角边。

"喂！"她对约翰·亨利说，"我打赌我是咱们这个镇子用香水最多的人。"

除了楼下的客厅里还响着收音机的嗡嗡声外，屋子里还算安静。爸爸到家了，贝莉尼斯回了她自己的家，出门时她没忘关上门，大门隔绝了在外面玩耍的孩子们的叽喳声。

"我觉得我们应该好好地过这个晚上。"弗兰奇说。

可是他们找不到事情做。约翰·亨利抱着后脑勺站在屋子当中，膝盖打着弯儿。窗户上飞来几只颜色或淡绿或浅黄的蛾子，翅膀扑棱棱地打着纱窗。

"看！那些蝴蝶真漂亮，它们想进来！"

弗兰奇看见蛾子的翅膀抖来抖去，不停地扑打着纱窗。这几只蛾子每天晚上都会出现在她的房间里，只要她把桌子上的台灯打开，它们就出现了。它们只在八月的夜晚出现，而那扇纱窗是它们唯一逗留的地方。

"这就是造化弄人！"弗兰奇说，"这些蛾子本来可以飞去任何地方，可是它们却被玻璃关进了这间屋子里，哪儿都去不了！"

约翰·亨利用手扶了扶金边眼镜，他的脸特别平，上面有很多雀斑。

"把眼镜摘下来。"弗兰奇突然说。

约翰·亨利把眼镜摘下来，递给弗兰奇前用嘴对着镜片吹了两下。弗兰奇接过眼镜戴上，房间里的东西立刻模糊起来。她把椅子往后挪挪，盯着约翰·亨利的眼睛，他的眼睛四周有一圈儿白，那是汗水洇的。

"我打赌你不戴眼镜也能看清东西。"弗兰奇把手放在打字机上，问，"这是什么？"

"打字机。"

弗兰奇又拿起海螺壳："这个呢？"

"你的海螺壳，从海湾带回来的。"

"地板上爬的那是啥？"

"在哪儿？"约翰·亨利看了一圈儿，然后往地上一蹲，说，"找到了，一只蚂蚁，它是怎么爬到屋子里的？"

弗兰奇把两只大脚丫子架在桌子上，身体仰躺在椅子上说："我要是你，我就扔了这副眼镜。你看得见，你的视力不比别人差。"

约翰·亨利不说话了。

"你戴眼镜不好看。"弗兰奇摘下眼镜，还给约翰·亨利。约翰·亨利接过来，从口袋里掏出一块粉色的法兰绒眼镜布擦擦镜片，重新戴上，还是不说话。

"你自己看着办好啦！"弗兰奇说，"我是为你好。"

两个人回到床上，背对背脱了衣服。弗兰奇关上马达和灯，约翰·亨利跪在床上，嘴里开始嘟嘟囔囔地祷告，弗兰奇一句也没听清，祷告完后约翰·亨利挨着弗兰奇躺下。

"晚安。"弗兰奇说。

"晚安。"

弗兰奇没有睡，她睁大眼睛，四周黑乎乎的。

"知道吗？我还是不相信这个世界是以每小时一千英里的速度转圈儿。"

"知道。"

"如果那样的话，那为什么你往空中一跳不是落到了费尔维尤、塞尔玛，或者其他五十英里外的地方？"

约翰·亨利翻了个身，嘴里发出一声像是睡着的声音。

"唉！冬山！"弗兰奇说，"我现在就想去冬山镇。"

约翰·亨利睡着了。弗兰奇躺在床上，听着约翰·亨利一起一伏的呼吸声，觉得自己总算实现了这个夏天以来她在无数夜晚盼望的事情——找到一个肯和自己在一张床上睡觉的人。她用手臂撑起半边身体，侧身看着睡在旁边的约翰·亨利。月光淡淡的，那张长满雀斑的脸看上去那么小，裸露的胸脯白白的，一只脚耷拉在床边儿——他睡着了。弗兰奇轻轻地把手放在约翰·亨利的肚皮上，他的肚子里似乎有一只钟表，嘀嘀嗒嗒地走着，他身上散发出的汗味和"甜美夜曲"牌的香水味混在一起，像玫瑰馊了的味道。弗兰奇把身体偎过去，轻轻舔了舔约翰·亨利耳朵后面，然后，深深地吸口气，把下巴靠在他那汗津津的瘦瘦的肩膀上，闭上了眼睛：现在好了，有人和她在一张床上睡觉，她不用害怕了。

第二天一大早，他们就醒了，八月里太阳一早就升得很高。弗兰奇让约翰·亨利回家，他却不肯，弗兰奇知道他是看到了贝莉尼斯在腌肉，想和她们一起吃大餐。爸爸照例坐在客厅里读报纸，读完报纸后就去上班了，他每天都要给珠宝店里的各种表拧一遍发条。

"如果哥哥这次从阿拉斯加回来不给我带礼物，我肯定会很生气。"弗兰奇说。

"我也会。"约翰·亨利说。

哥哥和他的新娘到家的那个八月早晨，弗兰奇他们都干了些什么呢？他们坐在亭子的阴凉地里聊着圣诞节的打算。早晨的阳光十分强烈，连附近几只飞来飞去的小鸟似乎也被阳光刺激到了，叽叽喳喳叫着，好像在打架。三个人说着话，声音逐渐汇合成一个低低的声音，而且，他们一直在说一件事情，没完没了地说着，所以说，与其说他们是在亭子的阴凉地里聊天，倒不如说他们是在打瞌睡。他们就是这样打发哥哥和他的新娘回来的那个八月早晨的时光的。

"噢，天！"弗兰奇说。桌子上的牌看上去油腻腻的，正午的阳光洒在院子里。"世界转得可真快！"

"少说没用的话！"贝莉尼斯说，"你的心思就没在打牌上！"

其实弗兰奇的心思在打牌上。她扔出一张黑桃王后，这可是大牌，约翰·亨利扔下两张很小的方块二。弗兰奇瞅了约翰·亨利一眼，他正乜斜着眼睛，往自己这边看，好像这样就可以窥探到弗兰奇手里拿的牌似的。

"你手里有一张黑桃。"弗兰奇说。

约翰·亨利咬着他脖子上那个铅做的毛驴小坠儿，头往旁边一扭，不说话。

"你耍赖！"弗兰奇说。

"赶紧出你手里的黑桃！"贝莉尼斯对约翰·亨利说。

约翰·亨利替自己辩解："刚才它粘在另外一张牌下面，我没看见！"

"你耍赖！"

约翰·亨利还是不肯出牌，一副不情愿的样子，再这样下去怎么打。

"快点出牌！"贝莉尼斯说。

"我不出！"约翰·亨利说，"这张是J，我就摸到这么一张黑桃，我不想跟在弗兰奇的王后后面出这张黑桃J。我不出！"

弗兰奇把自己手里的牌往桌上一扔，冲贝莉尼斯嚷道："瞧！他连最基本的规则都不遵守，他就是个孩子，没救了！真是没救了！没救！"

"我看也是！"贝莉尼斯说。

"噢！太讨厌了！讨厌得要死！"弗兰奇说。

她的两只光脚踩在椅子磴上，胸脯紧靠着桌子坐着。她闭上眼睛。桌子上摊着红色的纸牌，它们油腻腻的，油腻得让弗兰奇看不下去。他们每天下午吃完饭后都要打一会儿牌；如果这些扑克牌可以吃的话，味道肯定比这个八月里她吃的那些饭的味道好不到哪儿去，不仅好不到哪儿去，中间可能还有一股子人手上的咸滋滋的汗味，想想都恶心！弗兰奇手一挥，扑克牌散落了一地。想到那白雪一样明亮且美丽的婚礼，她的心又乱成了一团麻。她猛地一站。

"谁不知道灰眼睛的人爱嫉妒！"贝莉尼斯说。

"我说过了，我没嫉妒他们！"弗兰奇开始在厨房里走来走去，"如果是嫉妒的话，我就不可能只嫉妒他们中的一个！我会两个人一起嫉妒！因为在我眼里，他们两个是一个人。"

"得了吧！当年我的寄养哥哥约翰娶克罗瑞娜时我都快嫉妒死了！"贝莉尼斯说，"他们结婚那天我还给克罗瑞娜写了张字条，告诉她我要把她的耳朵撕下来！可是结果呢？！克罗瑞娜的耳朵一直到现在都还好好的，而且，我很爱她。"

"J 和 A，"弗兰奇说，"Janice 和 Jarvis①。难道你不觉得奇怪吗？"

"奇怪什么？"

"JA，"弗兰奇说，"他们两个人的名字最前面的两个字母一模一样，都是 JA。"

"那怎么了？那能说明什么？"

弗兰奇开始围着厨房里的桌子绕着圈子。"那说明我也可以叫 Jane。"她说，"Jane 或者 Jasmine，都行。"

"你这脑瓜成天装了些什么？！"贝莉尼斯说。

"Jarvis，Janice，Jasmine，还不明白吗？"

"不明白。"贝莉尼斯说，"对了，我今天早晨从收音机里听到法国人把德国人赶出了巴黎。"

"巴黎？"弗兰奇跟在贝莉尼斯后面重复道，没有一点底气，"不知道改名字犯不犯法，或者在原先的名字上再加一个名字，这样做法律允许吗？"

"肯定不允许，那是违法的。"

"违法就违法，我才不管呢！"她说，"从现在起，我叫弗兰

---

① Jarvis 和 Janice 分别是弗兰奇的哥哥和哥哥的新娘的名字，前文中按发音翻译成"贾维斯"和"简妮斯"

奇·贾思敏·雅德姆斯①。"

通往弗兰奇房间的楼梯上放着一个布娃娃，约翰·亨利把布娃娃拿到厨房里，在桌子旁边坐下。他把娃娃摇来摇去，嘴里叽叽咕咕："你真的要给我这个娃娃？"摇了一会儿他又把娃娃的裙子掀上去，摩挲着布娃娃的两条腿和腰，说："我要叫它贝拉。"

弗兰奇看着娃娃说："真不知道贾维斯给我买布娃娃时是怎么想的？他怎么能给我买个娃娃！简妮斯甚至说她一直以为我还是个小孩子。我还以为贾维斯从阿拉斯加回来会给我带什么好东西呢！"

"你拆礼物时的脸色可真够难看的。"贝莉尼斯说。

洋娃娃个头很大，头发是红色的，眼睫毛是黄色的，两只瓷做的眼珠会自动睁开闭上，一站起来眼睛就自动睁开，一躺下眼睛就自动合上了，约翰·亨利把娃娃放平，伸手去揪娃娃的眼睫毛，想让它把眼睛睁开。

"不许动它！我看了不舒服，你最好带着它从我面前消失！"

约翰·亨利带着娃娃去了屋子后面的阳台，他这样做是想把娃娃放在显眼的地方，以免回家时忘了。

"它的名字叫莉莉·贝拉。"约翰·亨利说。

炉子上方的架子上摆着一座闹钟，指针嘀嘀嗒嗒走得很慢，时间是差一刻六点。窗户外面，阳光还很耀眼。后院里的亭子却笼罩在一片黑乎乎的阴影里。远处传来忧伤的哨声，哨声响个没

---

① 原文为 F·Jasmine Addams。F 代表 Frankie（弗兰奇），Jasmine 为茉莉的意思，弗兰奇在自己名字的中间多加了一个 Jasmine，只因为 Jasmine、Jarvis、Janice 三个名字都是以"Ja"打头。

完，这个八月下午的每一分钟都出奇漫长。

弗兰奇再一次跑到厨房镜子跟前，看着镜子里的自己。"我犯了个大错误，我不该剪个平头，我应该把头发留长，这样参加婚礼时才看着漂亮，你说对吗？"

她的心又开始慌张起来。她一到夏天就是这样，心慌若是能趴在桌上用纸和笔算出来就好了！八月份她就十二岁零十个月了。她现在身高五英尺①五又四分之三英寸②，穿七码的鞋。去年一年她长了四英寸——至少她自己是这么觉的。已经有讨厌的坏孩子夏天出来玩时对她喊："那上面冷吗？"大人们的议论更是让弗兰奇感到心寒，而且是从头凉到脚。如果十八岁就不再长个儿的话，那弗兰奇前面还有五年零两个月的长个儿时间。这么计算的话，除非她自己能想出个办法不再长个儿，否则的话她长到十八岁时至少会有九英尺那么高。一个九英尺高的女人将来能干什么？去马戏团当怪物吗？

每年秋天刚开始的时候都会有一个叫查塔胡奇的马戏团来镇子上表演。他们一般都是十月份来，在广场上搭起家什开始表演。那些家什里有摩天飞轮、旋转人和镜子宫殿，还有怪人屋。说是怪人屋，其实就是一个临时搭建的大帐篷，长长的，里面分布着一个连着一个格子似的小房间。你花二十五美分进那个大帐篷里，进去后就可以挨个看各个小房间里的怪人。在这个大长帐篷的最里头，还有一些秘密表演，要想看那些表演，你得再花

----

① 一英尺等于三十点四八厘米。
② 一英寸等于二点五四厘米。

十美分。去年十月份，弗兰奇看了怪人屋里所有的怪人，他们分别是：

巨人

超级肥婆

侏儒

黑野人

针头人

鳄鱼男孩

阴阳人

巨人足有八英尺高，手特别大，手上的肉软塌塌的，下巴老长，好像吊在脸上。超级肥婆一直坐在椅子里，她身上的肉像是松松软软的面团，肥婆的手一刻都不闲着，啪啪地拍着自己的身体。再往后的房间里关着一个穿着马戏团晚礼服的侏儒，在房间里跑来跑去。还有野人，据说他来自一个人迹罕至的小岛，野人蹲在房间的地上，嘴里嚼着一只还在动的老鼠，他的周围是脏兮兮的骨头和棕榈树叶。如果谁能带着尺寸大小正好的老鼠来看表演，马戏团就会同意他们不用买票就可以进去，弗兰奇看见有的孩子把老鼠装在结实的麻袋里和鞋盒子里来看演出。野人把老鼠脑袋往自己的腿上使劲一抢，然后剥下老鼠皮，扔进嘴里大口咀嚼起来，嘴里发出很响的声音，眼睛一闪一闪地瞪着人，好像他吃了还想吃。有些人说他不是真正的野人，而是马戏团在塞尔玛找的一个疯子，只不过他是个黑人。不管怎么说，弗兰奇不喜欢盯着野人看太长时间，看不多久她便从拥挤的人群中钻出来去了关着针头人的房间，约翰·亨利常常在里面一待就是一个下午，小针头人跳来跳去，嘴里发出"咯咯"的笑声，有时候也冲着观众发出"嘶嘶"的声音。针头人的脑袋还没有一颗橘子大，头发剃得光光的，只在脑瓜儿顶上留了一小撮，用蝴蝶结的头绳绑住。最后一个房间里总是挤满了观众，他们是来看那个不男不女的人。这里的人说那人是阴阳人，是一个科学奇迹。他的左边身子是个男人，右边身子则是个女人。就连他身上那件衣服也是一半一半的——左半边是豹子皮缝制的，右半边是有着亮闪闪碎片的裙子，里面还戴着胸罩。他的脸也是，一半胡子拉碴，黑乎乎的，另一边描眉画眼像刚刚刷过釉似的。两只眼睛看了觉得心里难受。弗兰奇把那个大帐篷转了个遍，每个房间她都进去看了。她心里很害怕那些怪人，因为她感觉那些怪人也在偷偷地打量她，眼睛里露出一种似乎要把她的眼神勾过去的神色，好像在说：我认识你。弗兰奇尤其害怕那些怪人的眼睛，每只眼睛都是长长的。那些怪人整整在她心里待了一年，直到今天她才觉得自己可以忘掉他们了。

"那些怪物，不知道他们是不是也会结婚，或者在婚礼上表演。"弗兰奇说。

"哪些怪物？"贝莉尼斯问。

"大集场上的怪物。就是我们去年十月份在大集场上见到的那些怪物。"

"哦，那些人啊。"

"你说他们挣钱多吗？"弗兰奇问贝莉尼斯。

贝莉尼斯回答道："我怎么知道？"

约翰·亨利突然学起针头人来，假装提着裙子边的样子，又抬起一只胳膊，用指头尖儿点着脑瓜儿顶，围着桌子又蹦又跳。

跳完了他问弗兰奇："她是我见过的最可爱的小女孩儿！我长这么大从来没见过那么好看的女孩儿！你觉得她好看吗？弗兰奇。"

"不好看！"弗兰奇说，"她一点都不好看！"

"我和你看法一致。"贝莉尼斯说。

"去！"约翰·亨利嚷道，"她非常漂亮！"

"如果你想要一个客观的评论，"贝莉尼斯说，"我得说那些怪人看得人鸡皮疙瘩都要起来啦！没一个看上去不吓死人！"

弗兰奇从镜子里看着贝莉尼斯，过了一会儿迟疑地说："我是不是也让你起鸡皮疙瘩了？"

"你？"

"你觉得我会长成一个怪人吗？"弗兰奇像是在说悄悄话。

"你？"贝莉尼斯说，"为什么会这么问？你当然不会长成怪人，我相信耶稣基督，他不会让你长成怪人的。"

弗兰奇感到心里顿时轻松了好多，她侧过脸，看着镜子里的自己。屋子里的钟敲了六下，钟声响过后，弗兰奇说："那你觉得我会变漂亮吗？"

"会，如果你把头上的犄角磨去一两英寸的话。"

弗兰奇把全身重量落在左腿上，抬起右脚掌一下一下地来回蹭着地面。她感觉自己的右脚掌里有根刺。"你能不能好好说话？"她说。

"如果你再胖点能更好看些，当然了，还得说话做事像那么回事儿才行！"

"可是这个星期天他们就要举行婚礼了,我想在婚礼之前变得好看些。"

"那就把自己洗得干干净净的,特别是胳膊肘那儿,拿刷子好好刷刷!另外坐下走路有个样子就没问题。"

弗兰奇最后看了一眼镜子,转过身来。她总是忘不了哥哥和他的新娘,而且她一想到他们,心里就绷得紧紧的,很难放松下来。

"我不知道该怎么办,真想死了算了!"

"那就死了呗!"贝莉尼斯说。

"死了呗。"约翰·亨利也跟着说,声音很小,像是贝莉尼斯刚才那句话的回声。

世界仿佛停止了转动似的。

"回你家去!"弗兰奇朝约翰·亨利喊道。

约翰·亨利坐在桌旁,没有动,两个大膝盖还是弯弯的(那两个膝盖他永远都伸不直),两只脏兮兮的小手扶着桌子边。

"我说了,滚回你家去!"弗兰奇狠狠地挖了约翰·亨利一眼,冲到炉子跟前,从墙上取下那口平底锅,来追约翰·亨利,两个人你追我躲,开始绕桌子转起圈来,跑了三圈后约翰·亨利向客厅跑去,弗兰奇跟在后面,一直把约翰·亨利追出大门才停下。"滚回去!"她冲着约翰·亨利的背影喊。

"干什么那么激动?"贝莉尼斯说,"你这孩子太混了,你说你这样活得什么劲儿!"

弗兰奇打开厨房的门,走到通往自己房间的那个台阶前坐下,她再也不想在厨房里待着了。

"我知道我不是好人。"她说，"我这就找个地方坐下来好好想想。"

这个夏天弗兰奇对自己讨厌得不行，她觉得自己太不争气，成天晃来晃去无事可干。她成了一个只会待在厨房里的傻大个儿，一个又不爱干净又贪吃，又小气还不开心的傻瓜！贝莉尼斯说她太难相处是对的。还有，她犯了罪，如果警察知道她做过的那件事情后，他们肯定会把她拉到法庭受审，把她投进监狱。可是，她并不是一开始就是个罪犯和傻蛋的，在这一年的四月份以前，她和其他人一样，很正常，参加俱乐部，周一到周五按时去学校上学（她是七年级的学生），星期六早晨起来帮爸爸干活儿，下午则去看戏，最重要的是那时的她很少会害怕，虽然她每天晚上和爸爸一起睡觉，可并不是因为害怕。

这年的春季特别长，和往年不一样，至于具体是从什么时候不一样的，弗兰奇到现在也没搞清楚。灰突突的冬天过去后便是三月，风呼呼地打在窗棂上，蓝天上的云一朵接着一朵，层层叠叠，突然四月就来了，而且是不声不响地就来了，树绿了，是那种亮绿色，镇子上开满了紫色的花朵，在风中微微颤抖。弗兰奇想，应该是四月的树和花让她伤心的，不过为什么自己会因为树和花而伤心，她不知道，总之她就是伤心，也正是因为心里这种感觉，她才意识到自己应该离开这个镇子。她读着报上的那些战争消息，想象着世界的模样，她一遍又一遍地收拾行李箱，想要远走高飞，但又不知道要去哪儿。

也是在这一年弗兰奇第一次意识到镇子外面还有一个更大的世界。她脑子里的地球不再是学校课桌上摆着的那个上面用不同颜色标明具体国家的小球，而是一个拥有众多国家并以每小时一千英里的速度飞速旋转着的巨大圆球。地理书上的内容已经过时了，这个世界正在变化，或者说，是圆球上的各个国家正在发生变化。她从报纸上读到各种各样关于战争的消息，可是那些外国地名太难记了，再加上战争发展得太快，搞得她最后也是懵懵懂懂不知道究竟发生了什么，她只记得这个夏天巴顿将军把德国人赶出了法国边境，俄国和塞班岛那里发生了几场战役。报纸上登着各种各样的战役和参加战役的士兵的消息。报纸上对很多战役都做了报道，因为看了太多的照片，弗兰奇根本没法记住照片里那么多士兵的脸，她只对一个俄国士兵的模样印象很深，那士兵在俄罗斯的冰天雪地里行军，怀里抱着一杆冻得梆硬的枪。一个眼睛吊梢着的日本士兵正在小岛上茂密的藤蔓中秘密穿行。还有那些被吊死在树上的欧洲人和发生在蓝色海面上的战役。装着四个马达的飞机，被烈火焚烧的城市，一个大笑着的头戴钢盔的士兵。很久以前弗兰奇预测只需两个月美国人就能打赢战争，可是现在她也不知道这场战争何时才能结束。她甚至想自己是个男孩多好，这样她就能去参加海军。她兴许能找到机会成为一个飞行员，因为作战英勇而赢得好多金质奖章。可是她最终没能去参军，一想起这件事她就觉得不舒服，沮丧得不行！后来她决定给红十字会献血，每星期献一夸脱的鲜血，她的鲜血将会在澳大利亚人、法国人和中国人的血管里流淌，甚至在更多国家的军人身体里流淌。这样一来，她在世界各地就有了亲人。她甚至想到医生会表扬她——弗兰奇·雅德姆斯是所有献血者里身体最棒的，她的血液是他们见过的捐献的血液里最红的血，也是最健康的血。她甚至想过这样一幅画面：战争结束以后，很多年过去了，当她碰见那些身体里流淌着她的血液的士兵时，听到他们对她说，是她救了他们的命，她让他们重生。而且，他们很正式地称她为"雅德姆斯"①女士，而不是"弗兰奇"。不过捐献血液的想法最终并没有实现，原因是红十字会的那些人不肯抽她的血，说她年纪太小，不可以献血。这让弗兰奇很生气，赌气不再去想这些事情。战争形势发展得那么快，世界是那么大，这一切想起来让人感到不可思议。她花了很长一段时间去想世界是怎么回事儿，想到后来她竟然害怕了。不是害怕德国人，也不是害怕日本人的炸弹，而是害怕自己不能去参军打仗。还有，她感觉自己和世界是脱离的，这也让她害怕。

东想西想之后，她开始盼望自己能离开镇子远走天涯。春天快结束的时候，空气里处处散发着甜兮兮的味道，人也是懒洋洋的。漫长的下午时光弥漫着没完没了的花香，甜兮兮的味道让弗兰奇闻着很不舒服。她开始看镇子不顺眼，像是被谁伤了心。她以前很少哭鼻子，即使碰到再让人伤心或者害怕的事情也哭不起来，可是这个春天很多事情都搅得她恨不能大哭一场。那时她每天一大早便要爬起来跑到院子里站好，盯着太阳升起来的地方，心里充满了问号，那是天空给不了答案的问题。以前她很少在乎的那些事情也开始惹她心烦：比如说傍晚时分从别人家里透出来的灯光；从巷子深处传出来的隐隐约约的吆喝声。她看着那灯光，听着那声音，心绷得紧紧的；等到灯灭了，声音消失了，她

---

① 雅德姆斯是弗兰奇的姓。

又开始害怕……这些事情让她感到一种突如其来的迷茫，她想知道自己是谁，在这个世界上她要成为一个什么样的人，为什么她会在那一时刻"孤独"地站在那里，看着灯光，听着那声音，或者在早晨的时候眼巴巴地看着天空。她不仅害怕，还憋屈得要命。

四月的一个晚上，弗兰奇跑去和爸爸睡觉，爸爸看了看她，嘴里突然冒出一句：这是谁家的冒失鬼？长了两条大长腿，都十二岁了还要和老爸在一张床上睡觉。结果她连和自己的爸爸睡觉都不可以了！就因为她长得太快！她搬到了楼上的房间，一个人睡觉。不仅如此，她和爸爸的关系也出现了问题，两个人现在说话时谁都不拿正眼瞧着对方。弗兰奇真是一天也不想在这个家待下去了！

于是她整天跑到镇子上溜达，可是看到的听到的都是些不痛快的事情。她还是无法甩掉心里的憋屈，于是又着急忙慌地给自己找事情做，可做一件错一件。她有个好朋友叫艾莲·欧文，她家里有一套足球队服和一件西班牙披肩。每次弗兰奇去找她玩时，艾莲·欧文总是让弗兰奇披上她家那件西班牙披肩，她自己则穿上那身足球队服，两个人出去逛街。可是在弗兰奇看来，这样玩没什么意思，也不是她十分想做的事情。那个春天的黄昏总是灰蒙蒙的，空气中除了尘土味便是花香和苦味，傍晚时分家家户户的窗户透出灯光来，人们叫孩子回家吃晚饭的喊声拖得很长，烟囱上冒出缕缕青烟，辽阔的天空变得空空荡荡。在这个夏天，黄昏中的弗兰奇走在人行道上，她的神经总是像听到爵士乐那样颤抖着，她的心感到憋屈，甚至到了几乎不能跳动的地步。

就是因为心里太憋屈了，她才总是一副慌慌张张的模样。她跑回家，像戴帽子的疯子那样，找到盛煤的斗子戴在头上绕着厨房桌子走来走去，只要是能想起来的事情她都会做——但是到最后尽做错事，而且，也不是她想要的结果。等到她终于做完了这些傻事，她会站在厨房门口，带着一副迷迷糊糊的像是生了病的表情说：

"我真想把这个镇子捣个稀巴烂！"

"那就去捣！别耷拉个脸在这里晃悠，找点事情做！"贝莉尼斯说。

于是麻烦来了。

她找到了事情做，但也让自己惹上了麻烦。她犯了法，而且有第一次就有第二次、第三次。她从爸爸的写字台抽屉里找了把手枪，拿着枪满镇子乱转，对着扔在空地上的纸箱子射来射去。她还从百货商店偷了一把折叠刀。五月的一个星期六下午，她背着人做了一件很罪恶的事情。她在巴尼·麦肯家的汽车房里，和巴尼做了那件事，真是罪恶啊！她不知道自己犯的这个罪恶有多深重，在以后的日子里，只要她想起这件事情，就会感到害怕恶心，甚至不敢看别人的眼睛。她恨死了巴尼，恨到想杀了他的地步。到了晚上，她一个人躺在床上的时候，想起这事儿她就想用那把手枪干掉巴尼或者拿把飞刀朝他扔去，扎死他才好。

后来艾莲·欧文搬去了佛罗里达州，弗兰奇连个玩的朋友也没有了。春天（漫长的开满了花的春天）过去了，夏天来了，她更孤独了，觉得好没意思。她一天比一天渴望离开这个镇子，最好去南美洲或者好莱坞或者纽约。可是每次她都是打包好行李箱准备离开时，又不知道自己能去哪儿，最后只得作罢了事。

　　她只好待在家里，成天在厨房里转悠，到三伏天时，她已经长到了五英尺五英寸高，看上去像个傻大个儿，而且是个根本不应该活在这个世界的害人精傻大个儿。她现在也心慌，不过不像以前，看见什么都心慌。她现在只是看见巴尼、爸爸和警察的时候会心慌。又过了很长一段时间，连他们也不能让弗兰奇心慌了。她慢慢忘了在巴尼家的汽车房里做的那件坏事，只是偶尔做梦的时候会梦到它。她也不再想爸爸或警察会对她怎么样；也不再想战争是什么样的，世界是什么样的。可以说再没有任何事让她感到心里难过。因为她不再在乎它们。她也不再一个人站在屋子后面的院子里盯着远处的天空，也不再注意听那些叫人回家吃饭的声音和夏天里的虫鸣鸟啾声，也不再在晚上出去跑到镇子上遛弯儿。总之，她不把任何事情放在心里，更不让它们打扰她，让她难过。她每天吃好喝好就写剧本，要不就是对着汽车房的墙壁甩飞刀，或者在厨房里和贝莉尼斯玩桥牌。现在，除了感觉每天过得很长外，每一天和前一天毫无二致、一模一样地过，而且，再没有什么事情可以让她感到难过。

　　因为这样，所以当星期五哥哥和他的新娘进家门的那一刻，弗兰奇就知道她的生活将要有变化了。但是为什么会变化，下一步她的生活中会发生什么，她一无所知。后来她把自己的想法告诉了贝莉尼斯，可却是对牛弹琴。

　　"想到他们两个我心里就疼得慌。"弗兰奇对贝莉尼斯说。

　　"疼？"贝莉尼斯说，"那你什么也别做，坐在那儿只管想好了！"

弗兰奇坐在通向她的小屋的那个台阶最下面，看着厨房里面。虽然婚礼这事让她觉得不舒服，可是她还是控制不住地想着这件事。她想起哥哥和他的新娘走进家门的那一刻，刚好是十一点钟，哥哥一进门就关上了收音机，屋子里突然安静下来，那台收音机没日没夜地响了一个夏天，突然不响了，倒把弗兰奇吓了一跳。她跑到客厅门口，看见站在门口的哥哥和他的新娘，在那一瞬间弗兰奇感觉心脏几乎停止了跳动。他们两个的到来给了弗兰奇一种说不出的感觉，虽然说不出，但她知道那是和春天带给她的感觉差不多，不过更突然更锋利一些。这感觉同样让她觉得憋屈，让她害怕，让她感觉到它奇怪的一面。弗兰奇陷入了沉思，她感到晕眩，好像双脚都没了知觉。

"你嫁给第一个丈夫时多大？"她问贝莉尼斯。

贝莉尼斯正在读杂志，她坐在桌旁，身上穿着星期天才穿的衣服，她在等哈尼和威廉姆斯过来，他们约好六点钟去"新大都会茶屋"吃晚饭，吃完饭后他们还要在镇子上逛逛。贝莉尼斯噘着嘴唇一个字一个字地念着杂志上面的文章，她用那只好眼瞟了一眼弗兰奇，因为她没抬头，所以那只蓝色的假眼好像还在看着杂志。贝莉尼斯这种一个眼睛朝上一个眼睛朝下的表情看得弗兰奇心里很不舒服。

"十三岁。"

"你为什么那么小就结婚？"

"因为愿意呗！"贝莉尼斯说，"结婚时我十三岁，打那以后我一英寸都没长过。"

贝莉尼斯确实很矮，弗兰奇盯着贝莉尼斯，好半天才从嘴里冒出一句："是因为结婚，你才不再长个儿的吗[①]？"

"是的。"贝莉尼斯说。

"这我倒没听说过！"弗兰奇说。

贝莉尼斯结了四次婚。她的第一任丈夫是鲁迪·弗里曼，弗里曼是瓦匠，是贝莉尼斯四个丈夫中心眼儿最好的一个，贝莉尼斯也最爱他；他曾经送给贝莉尼斯一件狐狸皮大衣，还带着她去辛辛那提玩过，贝莉尼斯就是在那次旅行中见到雪的。他们在那地方待了一个冬天，也看了一个冬天的北方雪景。他们爱得很深，结婚后整整过了九年的时光，可是在第九年的那个十一月，鲁迪·弗里曼因为生病离开了这个世界。贝莉尼斯后来又嫁过三个人，可他们不仅不是好人，而且一个比一个坏，光是听到他们的名字也能让弗兰奇难受好半天。那三个人中的第一个是个天天阴沉着脸的酒鬼。第二个是个疯子，他虽然爱贝莉尼斯，但他尽做可怕的事，比如说他晚上睡觉时，梦见自己吃东西，就把被角嚼得碎碎的咽进肚里。他这些疯狂的举动一个接一个，无奈之下贝莉尼斯离开了他。最后那个男人更可怕，他和贝莉尼斯打架，居然把她的一只眼睛抠了出来，不仅如此，他还偷贝莉尼斯的家具去卖，逼得贝莉尼斯不得不叫警察上门抓走他。

"你每次结婚时都戴面纱吗？"弗兰奇问。

"戴过两次。"贝莉尼斯说。

弗兰奇还是坐卧不安。虽然右脚上的那根刺让她走起路来一瘸一拐，可她还是在厨房里不停地走来走去。她的大拇指钩在短

[①] 弗兰奇害怕自己长个儿，听到贝莉尼斯是因为结婚不再长个儿，心有所动。

裤的皮带上，衬衫全湿了，紧紧贴在身上。

她拉开厨房柜子的抽屉，从里面拿出一把又长又尖的切肉刀子，来到桌旁坐下。她把左脚架到右大腿上，她的左脚板又瘦又长，上面有好多七歪八扭的浅色伤疤，那是钉子给她留的伤疤，她的脚一到夏天就这样，看上去疤疤瘌瘌的，原因是她总是不小心踩到钉子上。弗兰奇自认为自己长着一双全镇子上最结实的脚，因为每次她都能从脚底板刮下像蜡一样黄色的硬皮来，换作别人肯定会觉得疼，可是弗兰奇不。她手里抓着刀，脚放在大腿上，却不着急去挑脚上的刺，而是看着桌子对面的贝莉尼斯说："告诉我，告诉我他们回来时发生了什么。"

"你心里很清楚！"贝莉尼斯说，"你又不是没看见。"

"可是我要你告诉我。"弗兰奇说。

"那我就再说一遍，这是最后一遍！"贝莉尼斯说，"你哥哥和他的新娘是今天上午进的家门，先是约翰·亨利从后院跑出来，然后是你，接着你又急慌忙乱地穿过厨房朝你自己的屋子跑去，后来你下来了，身上换了一件纱裙，嘴上的口红有一英寸厚！从这个耳朵涂到那个耳朵！后来你们几个人在客厅里坐下。天气很热。贾维斯给你爸爸带了一瓶威士忌，大人们喝酒，你和约翰·亨利喝柠檬汁。吃过午饭后你哥哥和他的新娘坐下午三点的火车回了冬山镇。他们这个星期天要在那里举行婚礼。这就是全部经过。现在满意了吧？"

"他们为什么不能在家里多待一些日子呢？太让人失望了，贾维斯走了这么长时间，好不容易回来一趟，至少在家里住一晚上也行。我猜他们俩只想和对方待在一起，待多久都行。贾维斯说他得去冬山镇填些军队上的文件。"弗兰奇深深地吸了口气。"不知道婚礼过后他们要去哪里？"

"度蜜月呗！你哥哥这次有好几天的假呢！"

"真想知道他们要去哪里度蜜月。"

"这谁能知道？！"

"告诉我，"弗兰奇又说，"他们看上去像啥？"

"像啥？"贝莉尼斯说，"像人呗！你哥哥是个漂亮小伙儿，头发是金色的，皮肤白白的，那个女孩儿是个棕色皮肤的小美女，个头不高，也很漂亮。他们多般配呀，这你还看不出吗？傻子。"

弗兰奇闭上眼睛，虽然她脑海中没有出现哥哥和他的新娘的身影，可是她能感觉到他们离开了她。她感觉得到他们两个坐在火车上，火车带着他们越跑越远。他们是他们，而她是她，他们要离开她，剩下她一个人坐在厨房里的这张桌子旁边。可是她还是觉得自己身体的一部分跟着他们一起上了火车，跟着他们越走越远。她感到自己的身体被抽空了，只剩下一个空空的壳。

"好奇怪呀！"她说。

弗兰奇把那只脚翻过来看着，有什么湿湿的东西在她脸上滑过，也许是汗水？也许是泪水？弗兰奇吸了吸鼻子，用手里的刀去割那根刺。

"你不疼吗？"贝莉尼斯说。

弗兰奇摇摇头。过了一会儿她说："你说有没有那样的人，就是事情过后他们脑子里记不住画面，但对那件事的感觉记得很清晰？"

"什么意思？"

"意思就是，"弗兰奇说得很慢，"我看见他们了。简妮斯穿了一条绿裙子，脚上穿了一双很漂亮的高跟鞋，颜色是绿色的。她的头发卷卷的黑黑的，额前耷拉下来一缕。贾维斯挨着她坐在沙发上。他穿着棕色的制服，皮肤给太阳晒得好黑，人看上去干净利索。他们俩是我见过的最漂亮的人。可是因为我脑子转得没有那么快，不能一下子记住所有的东西，所以没等我看清楚，他们就不见了。这样说你能明白吗？"

"那样挑刺会疼的，"贝莉尼斯说，"你找根针，用针挑。"

"我不管！"弗兰奇说。

现在是六点半。这个下午的每一分钟都像是镜子，明亮的镜子。从外面传来的号声消失了，厨房里静悄悄的没有一个人影。弗兰奇坐在厨房里，看着通往后阳台的门。紧挨那扇门的角落里有一个四四方方的猫洞，旁边放着一个淡紫色的盘子，那是喂猫用的。三伏天刚一开始，弗兰奇的猫就跑了。三伏天就是这样：因为此时夏天已经到了末尾，所以一般来说是不会有什么事情发生的，但是，一旦有事情发生，那么这事情就会一直维持到三伏天结束，给人感觉做事拖泥带水，而且一旦做错什么事情，便很难纠正过来。

八月，贝莉尼斯的右胳膊被蚊子咬了一下，她用手去挠，挠过的地方竟然溃烂了，她的这个伤口肯定要到三伏天结束才会好。也是在八月，约翰·亨利的眼睛开始招虫子，那些虫子好像是两个家庭，一左一右在约翰·亨利的眼角安了家，虽然约翰·亨利老是摇头眨眼想把它们挤出来，可是不行，它们还是在他眼角安了家。后来那只猫也离开了，八月十四日那天，弗兰奇像往常一样叫它吃饭，猫没有出现，而且从那以后再没有见着它，弗兰奇不知道它是什么时候离开的，她找遍了整个镇子，约翰·亨利也帮着她一起找猫，边找边哭，两个人叫着猫的名字走遍了镇子的所有街道，可能因为三伏天的关系，他们一直没有找到它。每天下午弗兰奇都和贝莉尼斯说着和前一天一模一样的话，贝莉尼斯的回答也和前一天一模一样。弗兰奇觉得自己的那些话就像一首难听的歌，牢牢地驻在心里，很难忘掉。

"我要是知道它去了哪儿就好了。"

"别再为那只野猫担心了。告诉你多少遍了，它不会回来的！"

"查尔斯不是野猫！它是纯种波斯猫！"

"它要是纯种波斯猫，那我也是！"贝莉尼斯说，"它就是一只上了年纪的老公猫，耐不住寂寞跑了，给自己找伴儿去了！"

"找伴儿？"

"难道不是吗？它出去疯去了，给它自己找只母猫做伴儿。"

"真的吗？"

"当然是真的！"

"要是那样的话，它完全可以和那只母猫一起回来呀，再生一窝小猫，那我就开心死了！"

"它可是一只到处疯的野猫。"

"我要是知道它去了哪儿就好了。"

就这样，每个下午她和贝莉尼斯都说这几句话，两个人的声音像是两把锯子在嘎吱嘎吱来回锯着东西，以至于到后来弗兰奇怀疑这样刺耳的声音只可能出自两个疯子之口。最后还是她主动结束了这样的对话。她对贝莉尼斯说:"好像,好像所有的事情最后都离开了我。"她把头伏在桌子上,心又开始发慌。

突然,弗兰奇想到了个主意,她放下刀子,从桌子旁站起来,嘴里嚷道:"听好了,我知道自己应该怎么做了。"

"我有耳朵。"

"我应该去报告警察,他们会帮我找到查尔斯的。"

"我要是你就绝对不会这么做的。"贝莉尼斯说。

弗兰奇跑到走廊里,拿起电话拨给警察局,报告自己丢猫的事情:"它长得很像纯种波斯猫,除了身上的毛有点短,其他地方都很像波斯猫。它非常可爱,全身的毛是灰色的,只有脖子那里有一小块白色。它知道自己叫查尔斯,但是如果你叫它查尔斯它不肯过来的话,你也可以试着叫声查琳娜,它也许能听懂。我是住在果树街一百二十四号的弗兰奇·贾思敏·雅德姆斯。"

她打完电话回到厨房。贝莉尼斯在笑,声音咯咯地笑着说:"哎哟!那些警察这就过来,把你捆起来,拽到米勒奇谷①的警察局里去。然后那些穿蓝制服的胖老爷们会走遍咱们这里的每一条街道帮你找猫,一边找一边喊,'噢,查尔斯,来这儿,噢,查琳娜,宝贝!'"

"闭嘴!"弗兰奇说。

贝莉尼斯不笑了,把杯子里的咖啡往一只白色的瓷碟里倒,那只好眼滴溜溜乱转,看上去十分滑稽。

---

① 米勒奇谷是地名。

"还有，"她说，"你逗警察玩干吗？不管什么原因，逗警察玩都不是聪明人干的事情。"

"我没有逗警察玩。"

"你刚刚还站在那里和人家说你的名字和自己家的门牌号来着。这下好了，他们来抓你就容易多了。"

"让他们来抓我好了！"弗兰奇愤怒地嚷道，"我不在乎！不在乎！"这一嚷让她彻底放下了心里的包袱，她不在乎自己是不是罪犯。"他们最好现在就来抓我！"

"我是和你开玩笑，"贝莉尼斯说，"你怎么一点幽默感也没有。"

"也许我去监狱待着还好些。"

弗兰奇开始绕着桌子转圈儿，离别的感觉再一次袭来。那辆离开镇子开往北方的列车，它越开越远，四周又冷又黑，黑得像是冬天的夜晚。火车曲折地穿过一座又一座山岭，拉响的汽笛声宛如冬天般寒冷，像是有人在哭。他们离镇子越来越远。他们一边吃着从糖果商店里买来的巧克力——每一块巧克力都做成海螺的样子——一边看着窗外。路越走越远越走越长，就要到冬山镇了。

"坐下！"贝莉尼斯说，"你这样子看得人讨厌！"

弗兰奇突然笑了，用手背擦擦脸，来到桌旁坐下。

"听见贾维斯说什么了吗？"

"什么？"

弗兰奇咯咯地笑了，一边笑一边说："他们两个决定是否要投票给 C.P. 麦克唐纳，贾维斯说，为什么要投给他？那个无赖，就算他竞选抓狗的官我都不会投给他。这是我这辈子听过的最聪明的话。"

贝莉尼斯没笑。她穿了一件打褶儿的粉色套裙，面前的桌子上放着一顶帽子，帽子上插根羽毛。贝莉尼斯手里抓着那根羽毛，捋来捋去，那只好眼骨碌碌一下转到眼角（好像在想弗兰奇话里的意思），又骨碌碌一下转回来盯住弗兰奇。她的脸黑乎乎的，因为有那只蓝色的假眼衬托，她脸上的汗水看上去是蓝色的。

"你知道简妮斯说什么吗？当我爸爸和她说我今年长了多高的时候，她说她根本没想到我长得这么高。她还说她的个头儿都是十三岁以前长的。她就是这么说的！贝莉尼斯。"

"就算是吧！"

"她说我现在不高不矮，正好，以后也不太会长个儿了。她说那些模特和电影明星——"

"她没说那些话！"贝莉尼斯说，"我在旁边听着呢！她说的是你开始发育了，才不是像你说的那样，她根本没说那么多话。不知道的人要是听到你这些话，还以为她在长个儿这个话题上说了不少呢！"

"她说了——"

"弗兰奇，这就是你的不对了！真的！别人只是随随便便说了一句，你倒好，记在心里了。还到处去说，结果呢？说话的人最后自己都不承认说过那些话！你帕特姨妈只是和克罗瑞娜提了一句你的气质不错，克罗瑞娜又告诉了你，这有什么？可是你倒好，拿着这句话到处吹牛，说什么韦斯特太太认为你是这个镇子里气质最好的女孩，应该去好莱坞发展，反正能说的你都说了，哪怕很短的一句恭维话让你听到了都要拿去乱说一气。即便是说你不好的话，你也乱说。你总是拿自己的心思去想当然地揣测别人，结果搞出好多误会。说实话你这个毛病可真不好！"

"你别老是不好不好地说我！"弗兰奇说。

"我没有不好不好地说你！我是实话实说。"

厨房里又静了下来。过了一会儿，弗兰奇小声说："我承认我有一点像你说的那样。"她闭上眼睛，厨房里安静得能听到心跳声，"可我想知道，我有没有给人留下好印象，你觉得呢？"

"印象？什么印象？"

"是的，印象。"弗兰奇依旧闭着眼睛。

"我怎么知道你是不是给人留下了一个好印象？"贝莉尼斯说。

"比如我表现得怎么样？我当时做了什么？"

"什么做了什么？你什么也没做！"

"什么也没做？"

"什么也没做！你只是看着你哥哥和那女孩儿，好像人家是俩小鬼儿似的。等他们说起婚礼的时候，你那两只耳朵张得像两片圆白菜叶子——"

弗兰奇下意识地举起手，摸了下左耳朵，气呼呼地反驳贝莉尼斯："才不呢！我的耳朵才不像圆白菜叶子！"过了一会儿，她对贝莉尼斯说："总有一天你的舌头会被人连根拽出来放在桌子上，让你看着它！那时候你会是什么感觉？"

"讲话别那么粗鲁！"贝莉尼斯说。

弗兰奇皱着眉头，找到脚上的那根刺，用刀子把刺削断，说："搁了别人肯定会疼，可是我不会。"

她站起来，开始在厨房里转圈儿。

"我真怕我没有给他们留下一个好印象。"

"那又怎样？"贝莉尼斯说，"哈尼和威廉姆斯怎么还不来？你这样子看得人难受。"

弗兰奇抬起左边的肩膀，咬了咬嘴唇，一屁股坐在桌子旁，脑袋向桌子磕去。

"打住！"贝莉尼斯说，"少来这套！"

弗兰奇不动了，她把脸埋在胳膊里，两只手攥成拳头，嘴里嚷着："他们俩那么漂亮！他们玩得那么开心！可他们就要离开我，远走高飞！"

"我看你还是坐直了！坐有坐样，站有站样！"贝莉尼斯说。

"他们干吗要走？"弗兰奇说，"他们走了！留我一个人难受。"

"哎呀！"贝莉尼斯嚷道，"可让我猜到了！"

厨房里很静，贝莉尼斯那只好眼里突然显出一丝笑话人的意味，她开始用脚后跟打拍子：一、二、三，嘣！嘴里跟着唱了起来，用的是爵士乐的调子：

"弗兰奇恋爱了！

弗兰奇恋爱了！

弗兰奇恋爱了！

就在婚礼上！"

"停！"弗兰奇嚷道。

"弗兰奇恋爱了!

弗兰奇恋爱了!"

贝莉尼斯还在唱,歌声震得弗兰奇脑瓜儿一跳一跳地疼,像发烧那样的头疼。她昏头昏脑地从桌子上抓起刀子。

"你给我住嘴!"

贝莉尼斯立刻不唱了,空气凝固了似的,厨房里安静异常。

"放下刀子!"

"有本事你过来!"

弗兰奇牢牢握住刀把儿,缓缓用力将刀身折弯,刀身又薄又长,很锋利。

"放下刀子,小混蛋!"

弗兰奇站起身,眯缝起眼睛,她在瞄准目标,刀身停止了颤动。

"你扔好了!"贝莉尼斯说,"你给我扔好了!"

厨房里又是一阵寂静,似乎在等弗兰奇出手。接着,空气中传来一声刀子呼啸而过的声音,紧接着,随着一声物体相撞的声音,刀子扎在了通向楼梯的那扇门的正中,刀把微微弹动。弗兰奇盯着刀子,一直看到刀子停止了颤动才说:"我是这个镇子最棒的飞刀手。"

贝莉尼斯躲到她身后,不喊了。

"如果举行飞刀比赛的话,我肯定能得第一。"

弗兰奇走过去把刀拔出来,平放在桌子上,往手掌里吐了口唾沫,搓搓手。

"弗兰奇·雅德姆斯!再这样玩下去要出事的!"贝莉尼斯说。

"我扔得很准。"

"你爸爸说过不让你在屋子里扔刀子，你没记住吗？"

"我警告你，不要总是指责我。"

"你不适合和我们住在一起！"贝莉尼斯说。

"不会太久了，我肯定会离开的！"

"那太好了！终于扔掉了一块垃圾！"贝莉尼斯说。

"等着瞧好了！总有一天我会离开的！"

"告诉我你要去哪儿？"

弗兰奇把房间的四个角落全扫了一遍，说："不知道！"

"我知道，你要去精神病院，那是你该去的地方。"

"不。"弗兰奇说。弗兰奇安静下来，站在那儿，看着墙，上面画满了奇怪的画，她闭上眼睛："我去冬山镇。我要参加婚礼。我以我的两只眼睛对天发誓，我再也不回来了。"

其实在那把刀子从她手中飞出去，微颤颤地扎在那扇门上之前弗兰奇还不确定自己是否要这样做，同样，在这些话从她嘴里说出来之前她也不知道自己为什么会这样说。从她嘴里说出来的誓言就像那把刀子，击中了她身体的某处并一个劲儿地颤抖着。等到四周彻底安静下来，她又一次说道：

"婚礼完了我就不回来了。"

贝莉尼斯走到她跟前，替她把耷拉在额头上的被汗水打得湿湿的刘海捋到脑后，说："甜心，你说这些话是认真的吗？"

"当然！"弗兰奇说，"你以为我站在这里就是为了给你发发誓言吗，就是为了编故事吗？贝莉尼斯，有时候我真的觉得你比任何人都要迟钝，要你认清一个事实要好长时间。"

"可是，"贝莉尼斯说，"你自己说你不知道要去哪儿的。你是要走，可是你又不知道要去哪儿。反正我是听不懂。"

弗兰奇看着四面墙她再一次想到了世界的样子，它变化得太快，没有方向地转着，速度越来越快，也越来越没有方向，而且也比以前大了很多。战争两个字重新在她心里激起了波澜。她脑海中出现了一个个画面：一个小岛，阳光明媚，岛上开满了花；北方的大海，灰色的海浪拍打在沙滩上；瞳仁里闪着炸弹爆炸后的火光的眼睛；匆忙行军的士兵们；笨重的坦克和燃烧着坠落在茫茫沙漠中的飞机；世界以每分钟一千英里①的速度飞速旋转，到处都是噼噼啪啪的战斗。弗兰奇的心里不停地闪过一些地名：中国，比奇维尔，新西兰，巴黎，辛辛那提，罗马。她就这样想着世界的模样，它巨大无比，飞速旋转，弗兰奇的腿开始打战，手掌里尽是汗水。可是她还是不知道自己可以去哪里。她把目光转向贝莉尼斯说：

"我觉得我刚才好像被什么人剥了皮似的，我这时候好想吃巧克力冰激凌，凉凉的冰激凌。"

贝莉尼斯走到弗兰奇跟前，把手放在弗兰奇的肩膀上摇了几下，弗兰奇的脑袋被摇得前后摇晃了几下。贝莉尼斯凑到弗兰奇跟前，把那只好眼眯成一条缝，盯着她。

弗兰奇说："看在老天的面子上，我对你说的每句话都是大实话！婚礼完了我就不回来了！"

门口传来一阵动静，两个人转过头去，是哈尼和 T.T. 威廉

---

① 一英里约等于一千六百零九米。

姆斯，两个人站在门口等贝莉尼斯。哈尼和贝莉尼斯长得一点都不像，因为他是贝莉尼斯家收养的孩子，所以和贝莉尼斯不是亲兄妹。哈尼长得像古巴人或者墨西哥人。他的皮肤不是很黑，黑眼睛长长的，像是两坨石油，身材也是瘦瘦的。哈尼身后站着T.T.威廉姆斯，他是大块头，皮肤特别黑，只有头发白白的，比贝莉尼斯的还白。他穿了一件去教堂时穿的衣服，扣眼上别着一枚红色的胸章。T.T.威廉姆斯是贝莉尼斯的男朋友，他是有钱人，开了一间饭馆，去他那儿吃饭的都是黑人。哈尼成天病恹恹的，四处游荡，没有正经事儿干。他想参军，可人家不要他，所以他只能干挖坑的活儿，后来他受了伤，连挖坑的活儿也干不了了，于是成天什么也不干，晃来晃去。贝莉尼斯迎出去，三个人站在门口，显得门口黑乎乎的。

"你们不出声地站在那里干啥？"贝莉尼斯说，"我都没听见。"

"我们看你和弗兰奇正忙着说话，所以没进屋。"威廉姆斯说。

"我一直等着你们呢！"贝莉尼斯说，"你们想喝点儿什么吗？然后我们再走。"

威廉姆斯看着弗兰奇，脚在地上来回蹭着。威廉姆斯是一个很有礼貌的人，喜欢让周围的人高兴，喜欢做正确的事。

"弗兰奇不会告诉别人的！"贝莉尼斯看着弗兰奇说，"是不是？弗兰奇。"

弗兰奇才不会回答这样的问题！她看了看哈尼，哈尼穿了一件深红色的人造丝做的衣裳，衣服穿在他身上，显得松松垮垮的。弗兰奇说："哈尼，这件衣服挺好看的，你从哪儿买的？"

平时哈尼说起话来像弗兰奇学校里的老师，紫色的嘴唇动起来像蝴蝶扇动翅膀那么轻快。可是今天他却像个黑人那样从喉咙里挤出"嗯嗯"的声音，让人搞不清他究竟想说什么。

桌子上放着酒杯，还有装杜松子酒的瓶子（以前装直发药水来着），但是没人动。贝莉尼斯说起了巴黎，弗兰奇隐隐约约地觉得他们是在等自己离开。她站在门口。她心里其实不想离开。

"你要喝水吗，威廉姆斯？"贝莉尼斯问威廉姆斯。

弗兰奇一个人站在门口。"再见，各位。"她对他们说。

"再见，甜心。"贝莉尼斯说，"忘了那些傻话，如果你天黑到家后看见你爸爸还没回来，你就去约翰·亨利他们家找他玩去。"

"我什么时候害怕过黑？再见。"弗兰奇说。

"再见。"三人对她说。

弗兰奇关上门，她的身后传来贝莉尼斯和那两个人的说话声。弗兰奇赶紧把头贴到门板上，她想知道他们在说什么，那三个人的声音忽高忽低，但很轻柔，朦胧中她听到哈尼问贝莉尼斯："我们进屋的时候，你和弗兰奇在说什么？"弗兰奇赶忙把耳朵贴紧门板，过了好大一会儿，她听到贝莉尼斯说了一句："尽是些傻子才说的话，这孩子脑子里总会冒出一些傻乎乎的想法。"弗兰奇竖起耳朵听着，一直到他们离开厨房走远了才不再听了。

屋子里空落落的，光线越来越黑。贝莉尼斯在外面吃完饭后肯定回她自己家了，今晚屋子里只剩下爸爸和弗兰奇两个人。这屋子最前面的一个房间曾经出租过。那是在奶奶死后，弗兰奇九岁那年。租房子的是马洛先生和他太太。一想起这对夫妇，弗兰奇脑子里便闪出一句话：他们这样是正常的。自打马洛先生和马洛太太搬进来后，弗兰奇便对他们住的屋子很好奇。有时候她会趁马洛先生和马洛太太不在家的时候悄悄溜到屋子里一探究竟——屋子里有马洛太太的一个香水瓶，轻轻一压就会有香水从瓶子里喷出来，还有一个暗粉色的粉扑，马洛先生有一个木头鞋架。后来马洛先生和马洛太太搬走了，到现在弗兰奇还对他们为什么要搬走这件事搞不明白。她只记得那也是夏天，是星期天，她看见马洛先生和马洛太太住的屋子最外面的那扇门敞着道缝儿，于是往里面瞧了一眼，这一眼她只看见衣柜的一角和床脚，还有床上马洛太太的胸衣。这时，一贯安静的屋子里传出来某种声音，声音激起了弗兰奇的好奇，她想看得更清楚点儿，就在她刚刚迈上门槛的一刹那，便被眼前的一幕惊呆了，她没有继续看下去，急急忙忙地折回到厨房，嘴里嚷道：马洛先生在抽筋。贝莉尼斯急急忙忙跑步穿过大厅，想去看发生了什么，结果她刚往屋里看了一眼，就噘起嘴唇，砰的一声关上了马洛先生和马洛太太房间的门。再往后不知道贝莉尼斯和爸爸说了什么，当天晚上爸爸就让马洛夫妇从他们的房子搬了出去。弗兰奇去问贝莉尼斯到底发生了什么事儿，贝莉尼斯一开始没说话，后来又说什么这房子里又不是光住着他们两个人，还有"一个人"呢。至少要记得关门呀！弗兰奇知道贝莉尼斯说的"一个人"就是自己，可是她还是不明白贝莉尼斯的意思，她问贝莉尼斯：马洛先生是生病了吗？他为什么抽筋？贝莉尼斯回答她说：宝贝，马洛先生就是正常的抽筋，没什么。可弗兰奇知道贝莉尼斯是在骗人。

　　弗兰奇走到大厅的衣帽架前，取下爸爸的帽子，给自己戴上，然后回到镜子前看着自己，镜子里的她好难看。也许自己不应该和贝莉尼斯提什么婚礼，不该问她那些问题，因为贝莉尼斯一直在笑话她。站在镜子前的弗兰奇不知道该怎么形容自己心里的滋味，她站在那儿，天黑了，黑色的影子让她又一次想到了鬼。

2

弗兰奇站在家门口的街道上，一只手叉在腰上，嘴巴半张着看着天空。天空一开始是淡紫色的，然后一点一点地加深，直到彻底黑下来。从邻居的房子里传来说话声，刚刚浇过的草地有一股淡淡的清新味道。离天完全黑下来还有一段时间，厨房里很热，通常这时候弗兰奇会去屋外待着，要不玩一会儿飞刀，要不在那个卖冷饮的小店门前坐一阵儿，有时候她也会去后院的亭子里玩，因为那里凉快。虽然她已经穿不上过去常穿的那些戏服，而且因为个子长得太高，凉亭里盛不下她，也不能站在凉亭底下表演，但是她一直在坚持写剧本，这个夏天她写的所有剧本都和"冷"有关，因为它们都是关于因纽特人和在冰天雪地冻得抖抖索索的探险者的故事。她站在那里，等着天黑，天黑了她就回家。

可是今天晚上弗兰奇不想玩飞刀，她也不想去冷饮店前坐着，就连到凉亭里演戏也没有了吸引力。她也不想一直站在这里没完没了地看着天空，她心里一直盘旋着那几个问题，折磨着她，就像这个春天带给她的那种惶惶不安的感觉。

她朦朦胧胧地觉得难过的时候想想那些简单或者丑陋的东西可能会好点，于是把目光从傍晚的天空移到自家屋檐上——再没有比这房子更难看的东西了，可她却一直住在这里。这样的日子不会太久了，因为她就要离开这个地方。黑乎乎的房子孤零零地杵在那里，没有一星半点灯光泄出来。弗兰奇掉转身子，沿大路走到街区的拐角处，在那里拐上一条小路，沿小路一直走到韦斯特家①门前，约翰·亨利倚在他家阳台前的栏杆上，他身后的窗户发出明亮的光，这让他看上去像是画在黄纸上的小黑人儿。

"嘿！"弗兰奇说，"不知道我爸爸什么时候才回家。"

约翰·亨利不吭声。

"我不想一个人在那间又丑又破的黑屋子里待着。"

弗兰奇看着约翰·亨利，突然想起那句很有智慧的政治评论，于是把大拇指钩在两边的裤子口袋上，问约翰·亨利："如果你也可以为选举投票的话，你会把票投给谁？"

"我不知道。"约翰·亨利的声音在夏天的夜晚听上去分外响亮。

"比如说，你会把票投给麦克唐纳吗？选他成为市长？"

约翰·亨利还是不说话。

"会吗？"

从约翰·亨利嘴里问不出答案来。他就是这样，有时候别人问他点什么，他一句话也不说，弗兰奇只好自己回答这个问题，

———

① 约翰·亨利是韦斯特家的孩子。

可这么一来怎么显出她的聪明呢。"凭啥投给他？！他就是竞选抓狗的官儿我都不会投给他！"

天黑下来后，镇子安静了许多。哥哥和他的新娘肯定已经到了冬山镇，在离自己一百英里外的镇上住着。他们可以两个人住在一起，可弗兰奇却是一个人孤零零地待在这个破镇子上。这一百英里的距离让弗兰奇感到难受，仿佛哥哥离自己好远，她又想到哥哥和他的新娘是一起的，而她弗兰奇是孤零零的一个人，这件事也让她心里难受。她恨死这种感觉了，脑子里突然冒出一个念头，这一次她抓住了这个念头并大声地说了出来：他们是我的"我们"。一直到昨天为止，这十二年来她一直都是一个人。说话时称"我"，走路和做事都是一个人。可是其他人呢，他们说的是"我们"，可以说这样的情形只有她弗兰奇一个人例外。因为贝莉尼斯说我们，贝莉尼斯的我们包括哈尼、大妈妈、她们家那间小屋，或者是她常去的那间教堂。弗兰奇父亲的我们是那间商店。所有参加俱乐部的人都是我们长我们短的，军队里的士兵也把我们挂在嘴边，就连那些戴着镣铐的犯人也说我们，独独弗兰奇一个人，就她不可以说"我们"。非要说她说过"我们"这两个字的话，最多也就是这个夏天，她说过我们，这个我们里包括她、约翰·亨利和贝莉尼斯——可那是逼不得已，是这个世界上她最后想做的事情。不过这种局面就要结束了，而且结束得十分突然。因为哥哥和他的新娘出现了，他们的出现让弗兰奇第一次意识到：他们就是她的我们。也是因为这个，弗兰奇觉得费解，虽然他们和她是我们，可是他们两个现在却待在冬山镇，只把她一个人丢在这里，孤零零地，像个空壳。

"你为什么弯着腰？"约翰·亨利说。

"因为我觉得疼。"弗兰奇说，"我也许吃了什么不干净的东西。"

约翰·亨利倚在栏杆上，看着弗兰奇。

"听着，你来我家，和我一起吃晚饭，和我一起住，行吗？"她问约翰·亨利。

"不行。"

"为什么？"

说话间约翰·亨利已经爬到了栏杆上面，他张开胳膊一直走到另外一端的柱子那头儿才停下，从窗户里透出来的光把他的身影映衬得像一只黑色的小鸟儿。

"因为——"

"因为什么？"

看见约翰·亨利又不吭声了，弗兰奇说："我在想，我们可以把我的印第安帐篷拿到后面的院子支开，然后躺在里面做游戏。"

约翰·亨利不说话。

"我们是很亲的表兄妹。我总是让你在我家吃饭，还给过你好多礼物。"

约翰·亨利走回刚才的地方，动作轻巧，一点声音都没有。他张开手臂抱着柱子，看着弗兰奇。

"你说！"弗兰奇提高声音道，"为什么不来我家？"

"因为——，因为我不想去。"约翰·亨利说。

"你这个大傻瓜！"弗兰奇猛地提高了声音，"我让你去我家是因为我看你一个人孤零零的，看上去真丑。"

约翰·亨利轻巧地从栏杆上跳下来，大声对弗兰奇说："你在说什么？我一点都不孤单！"他听起来更像孩子了。

弗兰奇把手掌在短裤上蹭了蹭，手心里湿漉漉的，她在心里对自己说：转过身，回家去！可是她没有听话。天还没有完全黑下来，但街边的房子已经笼罩在一片黑乎乎的阴影里，只剩下窗户里透出的一点光。黑影在枝叶茂密的树枝上盘旋，往远瞧，远处的天空透着些微的亮色，那里的影子浅了很多，但却很模糊。

"我觉得有什么不好的事情要发生，周围太安静了，我有一种预感，我敢和你打赌，一场暴风雨就要来了，我赌一百块。"弗兰奇说。

约翰·亨利从栏杆后面看着她。

"是三伏天的暴风雨。也许还要刮龙卷风。"

弗兰奇仍旧待在原地。她在等天黑。一阵号声传来，那是一首忧伤的蓝调[①]，吹号人离他们不远。弗兰奇猜这是哪个她不认识的黑人男孩儿吹的。她低下头，闭上眼睛，一动不动地听着，脑子里浮现出春天里的景象：花，陌生人的眼睛，雨滴……

号声一开始低沉含蓄，满含忧郁。就在弗兰奇沉浸其中的时候，号声突然变了，转成欢快的爵士乐，带着金属的铿锵声，声音越来越细，越来越远，再后来曲调重新回到原来的布鲁斯音乐上。音乐把弗兰奇带回到那些日子，那些让人难受憋屈的日子。她站在幽暗的小路上，心似乎被什么东西拽得紧紧的，腿直打弯

---

① 原文为 blues（布鲁斯）。布鲁斯也被称作蓝调，是一种基于五声音阶的声乐和乐器音乐。蓝调一词是与"蓝色魔鬼"（Blue devils）一致的意思，意思是情绪低调、忧伤、忧郁。

儿，喉咙里似乎被什么东西噎住了似的。接着，更让她难以相信的事发生了，就在她预感到那号声要缓缓打开的时候，它却一下子消失了。弗兰奇一时缓不过来，心中倍感失落。

她压低声音对约翰·亨利说："他在把号里的口水甩出来，甩干净后马上就会吹，他一定会吹完这首曲子的。"

但是没有，号声再也没有出现，就这么还没演奏完就结束了。弗兰奇再也忍受不下去了，她觉得心里紧巴巴的，抑制不住地想做点什么，哪怕是她从来没做过的事情。她把手握成拳头，朝自己脑袋砸了两下，但是不管用，心里还是一抽一抽的，于是她大声说起话来，也不管自己到底想说什么，也不去听自己到底说了些什么。

"我告诉过贝莉尼斯了，我要永远永远地离开这里！可她就是不信！有时候我觉得她就是个会喘气儿的大傻瓜！"她在大声地抱怨，声音刺啦刺啦的，像是一把边缘尽是裂口的锯子。可是连她自己也不知道她到底想说什么，那些话似乎并没有什么道理。"你想哄着那些傻子高兴，可是你只是在和一堆石头说话。我一直在和她说，和她说我要离开这个镇子！永远离开，这是肯定的，避免不了的。"

弗兰奇这番话不是和约翰·亨利说的，因为她说话的时候并没有看约翰·亨利。约翰·亨利仍旧站在阳台上，不过这次挪了个地儿，没有站在灯光前，过了一会儿，他说：

"你要去哪儿？"

弗兰奇不说话，一动不动，一股突如其来的从来没有过的想法涌入她心里，那是一种一直藏在她心里的知道自己要去哪儿的意识。她之所以不说话，是在等着那个地名自己从嘴里蹦出来，她攥住手，狠狠咬了一口手背上的关节，等着……可是没有，那地名没有出来，她的脑海里也没有出来那个飞快旋转着的世界，只有哥哥和他的新娘的形象蹦了出来，她感觉自己的心正在被什么东西挤压，挤得那么紧，心脏似乎要给挤裂开了。

约翰·亨利奶声奶气地问："我们一起在你家吃晚饭，然后在帐篷里一起睡觉，你愿意吗？"

"不愿意！"

"可是你刚才还说，让我过去和你睡觉。"

弗兰奇顾不上搭理约翰·亨利。因为就在那一瞬间她好像突然明白了，她明白了自己是谁，她要怎样踏入这个世界。她刚才还被挤压的心突然裂开了，一分两半，变成了一对翅膀，等到她再说话时，语气变得从来没有的坚定。

"我知道我要去哪儿。"

"哪儿？"

"我要去冬山镇，我要去参加婚礼。"

说完她便闭上了嘴巴，她在等，看约翰·亨利怎么说。约翰·亨利又不说话了，嘴巴抿得紧紧的。弗兰奇提高嗓门，像是在陈述真理似的："我要去冬山镇！我早就知道了！"

"我要和他们一起走！他们在冬山镇举行完婚礼后我们就走！他们两个去哪儿，我就去哪儿！我要和他们在一起。"

约翰·亨利还是不吭声。

"我爱他们两个！所以我们要在一起。我早就知道自己注定要和他们在一起，因为我特别特别爱他们！"

话说出口的那一刻，弗兰奇觉得自己心里所有的疑问都放下了。她睁开眼睛，天彻底黑了，刚才还是淡紫色的天空变成了黑色，有的地方黑得深些，有的地方黑得浅些，星星在天幕上一闪一闪地眨着眼睛，看着这一切，她觉得自己的心像长了翅膀似的，她从来没见过这么美的天空。

弗兰奇站在街道上，呆呆地望着天空，那些问题再一次出现在她的脑海：她是谁？在这个世界上要成为什么样的人？为什么她会站在这里？可是这一次她心里舒坦了好多，因为她终于知道了自己是谁，也明白了她将要去哪里。她爱哥哥和他的新娘，她不仅要去参加他们的婚礼，还要和他们去闯荡世界，永永远远地待在一起。经过这一场让人惴惴不安的春天和让人心慌气短的夏天，她的心终于踏实下来，再也不害怕了。

第二部分

1

　　婚礼的前一天和以往的日子不同。因为是星期六，弗兰奇·贾思敏①去了镇子上，她无朋无友乏味透顶地过了整整一个夏天，好长时间没有去镇子上转，这次因为婚礼突然来到镇子上，有种耳目一新的感觉，好像世界以一种全新的样子突然出现在她眼前，而且是她喜欢的样子。她在大街上走来走去，心潮起伏，马上就要去参加婚礼了，眼里的一切好像有了意义似的，她甚至觉得自己是这个镇子上的皇后，掌管一切事务。总之那天一觉醒来心情就好得不得了，她不再是孤零零的一个人，至于参加婚礼，她只需满怀信心地等待，而且，她肯定会离开这个镇子，根本不用着急，只管等着就好了。

　　她想起自己在约翰·亨利的叔叔——查尔斯大叔的农舍里见

---

① 原文是 F·Jasmine。F 代表弗兰奇的意思，在第一部分提到过，Jasmine 是弗兰奇给自己起的新名字，只因为 Jasmine 和她哥哥嫂嫂的名字前两个字母是一样的，都以 Ja 开头。

过的那几头被蒙上眼睛、绕着榨甘蔗的磨盘打转的骡子，觉得这个夏天里的自己就像那几头骡子，只知道在一个圈子里打转。但是从今天早晨起，事情不一样了，以前她也常去镇子上玩，比如说去小铺，看看柜台后面的架子上都摆了些啥，或者在宫殿秀的前排座位上坐一会儿，要不就是去爸爸的店里转悠转悠，还有就是站在街角，看着路过的士兵。可是今天早晨和以前不同：她去了很多地方，都是她从前想都不敢想的地方，比如说那间酒店，虽然它算不上镇子里最漂亮的酒店，甚至连第二也排不上，但怎么说它也是个酒店，她去了，还在里面待了一会儿，还碰到了一名士兵，这是她没有预料到的，换了以前，她肯定不会注意到那个士兵。再比方说，如果是昨天，一名巫师递给她一个小盒子，让她从潜望镜里看盒子里有什么，她肯定会边看边惊讶地把嘴巴噘得高高的，但今天早晨不同，太多事情发生，所以她对自己从来没有见过的事情没感到有什么大不了的，反而对过去自己熟悉的事情又惊又喜，感动不已。

清晨她一觉醒来，想到的第一件事情就是婚礼，就好像哥哥和他的新娘在她心头睡了一个晚上似的，接着她听到了小镇的召唤，它在叫她过去——虽然这听上去有点怪怪的。从窗户里可以看到淡青色的天空，空气凉爽，麦肯家的那只老公鸡在喔喔啼叫，弗兰奇一个翻身从床上爬起来，打开房间里的马达，又拧亮床头灯。

就在昨天，弗兰奇心里还七上八下的，可今天她已经想清楚了，清楚得好像她从来就没糊涂过似的。这可能是她睡了一觉的原因。在过去的十二年里，只要有什么事情发生，在发生的那一时刻她总觉得难以置信，但睡一觉后，这种感觉就没了。比如说她到圣皮特湾那次（统共去了两次，都是在夏天，是和韦斯特一家去的），因为是第一次看到大海，无论是扇形的灰突突的海湾还是空旷的沙滩都让她觉得新奇，她瞪着眼睛四处跑，看到什么都想拿起来仔细打量一番，当天晚上他们住在海边，第二天醒来，弗兰奇感觉自己好像在这儿住了好久似的。婚礼也是这样，她已经想清楚了自己要在婚礼上怎么做，剩下的就是把它抛在一边，把心思放在其他事情上。

她在桌子旁边坐下，腿上的蓝白杠儿的条纹睡裤卷到膝盖以上，右脚掌一下一下地拍打着地面，她想利用这最后一天做点儿什么，有一些事情她能说得出来，有一些事情她说不出来，就是掰着指头数也不行，更别说在纸上挨个写下来。于是她想，不如从名片开始，做几张小卡片，上面用斜体字写上弗兰奇·贾思敏·雅德姆斯小姐几个字。于是她给自己找了顶绿色宽檐帽戴上，又往两只耳朵上各别了一支钢笔，开始忙乎制作名片，可是刚裁好卡片，她就改了主意，因为她发现自己定不下心，一直惦记着镇子，于是她给自己套上那条粉色裙子（这条裙子是她所有裙子里最漂亮的，只有那些大姑娘才会穿这样的裙子），又在嘴唇上涂了口红，往身上喷了香水。下楼时她看见爸爸站在炉灶前用勺子搅着锅里的食物。他一向起得很早。

"早上好，爸爸。"

爸爸叫罗伊·昆西·雅德姆斯，是镇子上一间珠宝店的老板。对于弗兰奇的问候，他只是从鼻子里哼了一声。爸爸每天早晨必须喝完三杯咖啡后才会开口说话；他很忙，从早晨忙到晚上，只有清早起床这段时间没什么事做。前一天晚上，弗兰奇半夜起来找水喝，听见爸爸在房间里走来走去，好像一宿没睡。今天早晨爸爸的脸色有些苍白，眼睛红红的，似乎没休息好。他手里拿着一只茶杯，也没拿茶托，那是因为他不喜欢茶杯和茶托在一起碰得叮当乱响的动静，再说他的茶杯和茶托总是不配套。他还有个很不好的习惯——喜欢乱放茶杯，搞得桌子上、灶台上到处是圆圆的咖啡渍，招惹来好多苍蝇趴在上面，黑乎乎的一圈儿。地板上还有一些糖渍，人不小心踩在上面，脚底下就会发出一种像踩在沙子上发出的声音，声音每响一下，爸爸脸上的肌肉就会抽搐一下。今天爸爸穿了一条灰色裤子，膝盖处鼓出来一个大包，蓝衬衣领口处松松垮垮地系着一条领带。自打六月份后，弗兰奇对爸爸可有意见了（虽然她不想承认），她心里一直记着爸爸那天晚上对她说的那句话，什么老大不小还和他挤在一张床上睡觉，不过今天她似乎原谅了爸爸。弗兰奇歪着脑袋看着爸爸，身体一动不动，脑子里浮现出和爸爸生活的一幕幕，仿佛爸爸不再是她在当下看到的爸爸，而是无数个生活画面叠加起来的爸爸。她想说点儿什么，可一张嘴声音听上去很不自然。

"爸爸，我想我还是现在就告诉您，参加完婚礼后我就不回来了。"

爸爸的耳朵特别大，耳郭有点耷拉，边缘有一圈儿淡淡的紫色，他耳朵很灵，可是却很少听弗兰奇说话。他是个鳏夫。妈妈死后（妈妈是生弗兰奇的时候死的），爸爸一直一个人生活，所以和别人有点不一样。有时候，特别是在早晨，他很少听弗兰奇说话。于是弗兰奇提高嗓门，让声音像尖利的小凿子，一字一句地送进爸爸的耳朵里：

"我想买婚礼上穿的衣服和鞋子，再买一双粉红色的透明丝袜。"

这次爸爸听见了，他想了想，点点头，算是答应了。弗兰奇在桌子上摆好碗盘，看着粥碗里冒出几个蓝色的黏黏的小泡泡，又看看爸爸，脑子里突然闪出好多画面来：冬天的早晨，窗户上结着霜花，屋里生着火，她坐在桌子旁边解一道算术难题，爸爸走过来帮她，肩膀挨着她的肩膀，用那双褐色的干巴巴的手在桌上划来划去，嘴里絮絮叨叨地给弗兰奇讲题。还有，没什么事情可做的春天的傍晚，爸爸到阳台的椅子上坐下，脚搁在阳台栏杆上，喝着弗兰奇给他从芬妮的小店里买回来的啤酒。她的眼前还出现爸爸在珠宝店工作的一幕——他俯身在工作台上，手里拿着一个小小的发条，不时用发条蘸蘸汽油，或者手拿一把放大镜，嘴里吹着口哨，从圆圆的镜片里看着另外一只手里的手表。这些画面在她眼前闪过的那一刻，她感觉自己似乎从身体里跳了出来，远远地看着那一幅幅和爸爸生活在一起的画面。而那些画面每一幅都带着颜色各异的时光的影子，她第一次意识到自己十二岁了，是个大姑娘了。

"爸爸，我会写信给您的。"

爸爸没在听，他在厨房里走来走去，从这里走到那里。厨房里的晨光渐渐消散了，弗兰奇看着爸爸，心里突然难过起来：爸爸的样子好像在找什么东西似的，但好像又不知道自己到底丢了什么东西。刹那间弗兰奇忘记了以前自己和爸爸之间的不愉快，因为她觉得自己这一走，就剩了他一个人，如果他想她呢，他怎么办？她心头一热，便想走过去，当着爸爸的面对他说对不起，说她爱他，正当她准备鼓足勇气这样做的时候，爸爸清了清喉咙（每当爸爸批评她时都要这样清一下喉咙），一个声音传来：

"我放在后阳台工具箱里的活动扳手和螺丝刀怎么不见了？"

"活动扳手和螺丝刀——，嗯——，爸爸，是我拿了。"弗兰奇立刻心虚起来，耸肩缩背地站在那里，左脚在右小腿上下上下来回地蹭着。

"它们现在在哪儿？"

弗兰奇想了一下，说："在约翰·亨利家。"

"听好了，"爸爸把勺子从碗里拿出来，甩了甩说，"如果你——"弗兰奇看着爸爸，爸爸的眼神怎么看都像是在警告人，"如果你现在还是不明白有些东西小孩子不能碰，那就学着听话，否则的话就准备好挨训。"说完他抽抽鼻子："怎么一股煳味？是不是烤面包片煳了？"

天色还早，弗兰奇离开了家。天亮了，淡蓝色的天空像是一幅没有干透的水彩画。空气新鲜，烧过的黄黑色的干草上凝结着几滴冰冷的露珠。临近大街的时候，一阵叽叽喳喳的声音传来，那是一群没人管的孩子，也没有俱乐部要他们，他们四处找地方挖游泳池。那群孩子有大有小，弗兰奇过去是这帮孩子的头儿，她领着他们四处转悠，找可以挖游泳池的地方，可是自打这个夏天后她就不这么干了，因为她心里知道，他们挖来挖去，挖出来的只不过是一个个宽宽浅浅的水沟，里面还泥泥汤汤的。

弗兰奇从后院出来，听到那群孩子的叫喊声，脑子里浮现出他们聚成一堆叽叽喳喳的画面，令她诧异的是，她好像人生中第一次发现那些声音是那么动听，更让她惊奇的是她竟然对一向痛恨的后院也有点恋恋不舍起来，那感觉有点像离家多年的故人返回家乡，看见什么都感慨万分。那棵大榆树下面，还停着那辆她过去用来做冷饮生意的小车，车身上写着"露珠旅馆"几个字。小车很轻，可以很容易地被推来推去，常常是树荫到哪儿弗兰奇就把小车推到哪儿，每天早晨车子下边的板子上都放着一桶柠檬水，她常常光脚坐在车子上，头上的墨西哥帽子斜斜地扣下来，盖住脸，一边等着光顾生意的客人，一边闻着空气里被太阳烤得热乎乎的麦草散发出来的味道。一旦有人过来买东西，她就打发约翰·亨利去 A&P 商店买点糖回来，不过很多时候她都经不住撒旦的诱惑，把所有的冷饮自己一个人喝光。今天早晨她眼里的小摊看上去是那么小，歪歪斜斜地立在那里，弗兰奇知道自己再也不会用它来卖冷饮了，在弗兰奇看来，这些事情就像是很久以前发生的早已结束的事情。她心里突然冒出一个想法：明天过后，当她、哥哥还有哥哥的新娘一起去了遥远的地方，她一定要好好想想这些年的日子，并且——但她没有继续想下去，因为贾维斯和简妮斯这两个名字一在她脑子里出现，她便抑制不住地兴奋起来，这种兴奋的情绪不仅中断了她的思路，还让她在八月份的天气里不由自主地打了个冷战。

虽然她星期三刚刚在那条大街上溜达过，可现在她看着那条主街，感觉那么遥远，好像自己是一个离开家乡多年刚刚返回的故人一般。这条大街有四个街区那么远，两旁的商店是砖头砌成的，只有银行是白色的，再往远瞧是有着无数扇窗户的织布厂。这条街很宽，中间有一道细长的草坪把大街一分两半，车里的人像是打量街景似的慢悠悠开车穿过大街。一切似乎都和以前没什么区别——灰色的闪闪发亮的人行道，路人，屋檐上的条纹遮雨棚——但和以往不同的是，她好像是一个从来没有来过这个镇子的优哉游哉的旅人。

事情还不仅仅如此，当她沿大街溜达了一个来回后（从大街左边走上去，再从右边回来），又有了一个新的体验，她碰到的那些行人，有一些人她认识，有一些人对于她来说是陌生人。她看见一辆由一匹瞎眼骡子拉的马车嘎嘎作响地向星期六集市的方向驶去，马车上坐着一个黑人，身板儿笔直，脸上带着骄傲的神色。弗兰奇看着那个黑人，对方也看着她，从表面上看不过是两个人彼此打量着对方，可是就在他们目光交汇的一刹那，弗兰奇心里突然升腾起一种莫名的感觉，好像她和这个黑人是多年相识的老朋友，他们之间有什么"connexion①"似的。当那辆马车吱吱扭扭地经过她的身边时，她眼前竟然出现了一幅由土地、乡村大路和寂静的黑松林组成的画面。那一刻她真想冲上去，告诉赶车人自己心里关于婚礼的计划。

那天早晨，类似的事情发生了不止一次：与一位走进迈杜格商店的妇人，与一位小个子男人——当时他站在第一国立银行门前等车，还与她父亲的一位叫塔特·莱安的朋友，她碰见他们时都感觉到了对方眼睛里的东西，那是一种很难形容的感觉——她回家后和贝莉尼斯说起自己的这种感觉，贝莉尼斯眉毛一扬，拉

---

① connexion 的意思是联系、联结，相当于 connection，在这里的意思有点像心灵感应。

长声调嘲笑似的说："connexion？connexion？"她这个样子搞得弗兰奇很不开心，不过管它呢，那种感觉确实存在，就像是你问了一句话马上就有人接茬一样。还有，在第一国立银行的大门口前，她看到地上躺着一个一角硬币，换作平时她不知道该有多高兴，可今天早晨她只是把它捡起来，在衣服上蹭了蹭后放进粉色钱夹里，然后继续走路。这个清晨，天空看上去是那么的蓝，弗兰奇感到从来没有过的轻松，好像换了个人似的，步子迈得特别有力。

她拐了个弯，朝前卫大街走去，那条街在河边儿上，街上有间叫蓝月亮的酒吧——也是在这间酒吧里她第一次和别人说了自己在婚礼上的打算。她跑到这儿来不是因为蓝月亮，而是因为她听到了耍猴人弹奏的风琴声。耍猴人常年带着一只猴子，每年的十月份，他们去南边的佛罗里达州表演，在春天稍晚的时候回到弗兰奇她们这个州，可是不知为什么，这个夏天弗兰奇一次都没有见到过耍猴人，她甚至怀疑耍猴人是不是死了。没想到今天她却听到了耍猴人的风琴声，她觉得这就是命运的安排，命运安排她离开这个镇子之前最后看耍猴人和他的猴子一眼。

耍猴人不光是在她们这个镇子表演，他们也去别的镇子上表演。除了今年，每年夏天弗兰奇都能在大街的树荫底下见到他们；弗兰奇既喜欢可爱的小猴子也喜欢看上去很善良的耍猴人。此刻，听着从前卫大街传来的断断续续的风琴声，她的第一反应是去找他们，她要告诉耍猴人自己要去参加婚礼，而且这一走就不再回来。她从大街上下来，沿着小路飞跑过去，可是刚跑到前卫大街风琴声却停了，她四处张望，也没看到耍猴人和猴子。也许他们走到哪个商店门口或者门楼里便停下了，弗兰奇这样想着，瞪大眼睛沿着街边找下去。

前卫大街是个有意思的地方，大街左边矗立着仓库，一个挨着一个，仓库后面是一条黑乎乎的河流，河边矗立着几棵大树。大街右边有很多小店，其中一个小店的招牌上写着军人用品①的字样，弗兰奇对这个店一直很好奇。除了这个小店，这里还有一间常年散发着臭味的鱼铺（它的橱窗里有一条瞪着眼睛的鱼，孤零零地躺在碎冰上）、一间当铺以及一间专卖二手衣服的商店（狭窄的出口处挂着好些过时的衣服，外面的人行道上放着一个鞋架，上面放着几只旧鞋子），再有就是那个叫蓝月亮的酒吧。街道路面坑坑洼洼，像是一张在烈日下生气的脸，排水沟边扔了好多鸡蛋皮和腐烂的柠檬皮。总之这条街看上去不像是好人光顾的地方，不过，弗兰奇喜欢来这里逛。

如果你是每天早晨或工作日的上下午来这里，会觉得这条街很安静。但是一到晚上或者放假的日子，这条街上便挤满了人，他们大都是些从距离镇子九英里远的一个军营里过来的士兵。那些士兵好像很喜欢来这条街玩，他们一来，大街上立刻熙熙攘攘的，特别是一到节假日，弗兰奇常常能在这里看见士兵们三五成群、兴高采烈地在街上游逛，有的士兵胳膊上还挽着姑娘。每次看见那些士兵，弗兰奇心里都有说不出的嫉妒，特别是想到他们来自四面八方，以后又会开拔到世界各个地方，她就更嫉妒他们了。夏天的黄昏时分，这些士兵一群一伙地出现在大街上，空气

---

① 原文为 Prophylactic Military，是指卖给军人避孕用具的商店。

里都是他们的声音。以前弗兰奇常来这条街上玩，她穿着短裤头戴着一顶墨西哥草帽，远远地看着那些士兵，一边嫉妒一边猜这些士兵是从哪些城市来的，他们又要奔赴哪里，再想到自己得在这个镇子待一辈子，她心里马上变得酸溜溜的。不过今天早晨她脑子里只有一个念头：她要和人说说哥哥的婚礼和她的计划。所以当她从烫脚的人行道上下来后，依着自己的直觉（直觉告诉她耍猴人和他的猴子也在前卫大街），直奔这条街的蓝月亮酒吧而来。

　　蓝月亮酒吧位于前卫大街的最末端，过去弗兰奇喜欢趴在蓝月亮酒吧的纱门上往里瞧，里面的顾客大部分是些士兵，他们手端酒杯，有的坐在吧台，有的站着，有的在自动点唱机前挤成一团。酒吧里也有发生骚乱的时候，有一天下午，弗兰奇经过这里时，听到里面传来吵架的声音，中间还夹杂瓶子碎了的声音，后来她看见一个衣着破烂的人被警察拽着，跟跟跄跄地从蓝月亮酒吧里走出来，嘴里还大声喊着什么，撕烂的衬衫上全是血，脸上布满了一道道脏乎乎的泪痕。那是四月份的一天，正是下午，街上的彩虹丹娜树开满了花，后来来了一辆黑色的囚车，警察把那人扔进囚车里，往监狱方向开去。弗兰奇喜欢来蓝月亮酒吧玩，可是她一次也没有进去过，因为她知道那个地方小孩子是不可以进的，只有大人和那些放假来镇子上玩的士兵才可以进——虽然没有一条法律写着弗兰奇不可以进去看看，酒吧门也没上锁，但是弗兰奇还是知道小孩子不可以来这里玩。过去她一直都是在蓝月亮酒吧的外面玩，但是她想今天早晨不一样，因为她明天就要去参加婚礼了，所以旧的规矩对她没用了，这样想着，她便毫不犹豫地走了进去。

正是在蓝月亮酒吧里，她遇见了那个红头发的士兵。就连弗兰奇自己也没有想到婚礼前一天她会遇到一个士兵。她刚进去的时候，因为只顾找要猴人，并没有注意到酒吧里还有个士兵。酒吧里除了站在柜台后面的酒吧老板（他是葡萄牙人）和那个士兵外几乎空无一人。弗兰奇决定要去和酒吧老板说出自己的婚礼计划，她之所以这么做只是因为他当时站的地方离自己最近。

从明亮的大街进到酒吧里，会觉得这里太暗了。蓝色霓虹灯把柜台后面镜子里的人脸染得惨绿，电扇里吹出来一股夹带着霉味儿的热风。也许是大清早的原因，酒吧里空空荡荡，十分安静，一个客人也没有，所有的座位都是空的。最里面有一处楼梯，通往二楼。屋子里，陈旧的啤酒味儿和新鲜的咖啡味儿混在一起。弗兰奇来到吧台前坐下，给自己点了杯咖啡，店主人给她端来咖啡，自己则在她对面坐了下来。这是个闷闷不乐的男人，一张扁平大脸，脸色也不是很好。他身上系了一件大长白围裙，坐在凳子上，驼背耸肩，脚踩在凳子棱儿上，手里拿着一本言情杂志。弗兰奇觉得自己快憋不住了，她有一肚子关于婚礼的话要说出来，她唯一要做的就是怎么开头，把挂在嘴边的想法说出来告诉对方。终于，她开口道（声音有些颤抖）："真是个反常的夏天，不是吗？"

葡萄牙人看着手里的杂志，似乎并没有听见弗兰奇说什么，直到弗兰奇又重复了一遍，他才抬起头来，弗兰奇赶忙提高声音说："明天我哥哥和他的新娘要在冬山镇结婚了。"故事起了个头儿，便很难停下来，弗兰奇一口气地说完了自己想要说的话，像是马戏团里的小狗跳纸圈儿，越跳越顺，停不下来。她越说声音越清晰，越说语气越肯定。她的计划简直太严密了，严密得让人挑不出一点儿毛病。葡萄牙人歪着脑袋，睒着黑黑的眼睛（眼睛周围各有一个白圈儿）看着弗兰奇，却不说话，时不时撩起围裙擦擦他那双苍白而布满了青筋的双手。就这样，弗兰奇一口气说完了婚礼和她的计划，葡萄牙人一直没有打断她，虽然他一言不发，但脸上从始至终没有露出一点怀疑的神色。

葡萄牙人倾听的神色让弗兰奇一下子想到了贝莉尼斯。有时候真是这样，让一个陌生人相信你的话比自家人（天天和你待在同一个厨房）要容易得多。弗兰奇向葡萄牙人和盘托出自己心里所想，而且只要提到贾维斯和简妮斯、婚礼和冬山镇这样的字眼时她便兴奋得收不住话头儿。葡萄牙人从耳后取下一根香烟，往柜台上敲敲，没有点火。弗兰奇向门外走去，她已经说完了要说的，心里仍旧回响着自己刚才的话语，仿佛一把吉他，被拨动琴弦后在很长一段时间内还在发出回声。门外面光线耀眼，有几个黑人从蓝月亮的门前经过，脚步声传到弗兰奇的耳朵里。

"这件事给我一种奇怪的感觉。"她说，"我在咱们这个镇子住了一辈子，明天突然要离开了，而且再不回来，这感觉怪怪的。"

也就是在那时弗兰奇看到了那个士兵，他坐在酒吧最里面的一个座位上，正是这个士兵让弗兰奇在小镇上的最后一天变得和平常不一样。过后弗兰奇也反思过，她想搞清楚后来发生的和这个士兵之间的荒唐事是否有先兆——但是就当时来说，那个士兵和以往她看到的那些站在柜台边上喝酒的士兵没什么两样。那士兵不高不矮、不胖不瘦——除了一头红发，其他没什么扎眼的地方，而且弗兰奇一看就知道他是从镇子旁边那个军营里过来的士兵，这样的士兵在她们镇子上有几千个之多。但是在蓝月亮酒吧昏暗的灯光下，当弗兰奇看到那个士兵的眼神时，她知道自己看这个士兵的眼神和平时她看其他人的眼神并不一样。

那天早晨，弗兰奇破天荒地没有嫉妒人。她猜那士兵也许来自纽约或者加利福尼亚——但是她不嫉妒他。即便他们的部队很快会开拔去英格兰或者印度，她也不嫉妒。要知道刚刚过去的日子里，无论是春天还是夏天，她看到那些士兵时就嫉妒得要命，因为他们可以去这儿去那儿，可弗兰奇哪儿都去不了，只能待在这个镇子上，待一辈子。但是现在不一样了，从她的眼睛里看不到一点嫉妒和渴望。那天早晨，除了感觉自己和那些遇到的陌生人之间有"connexion"，她还相信她和他们之间存在一种默契：他们彼此之间可以交换眼神，那是一种存在于旅人之间的彼此示好的眼神。正是因为这长长的一瞥，让弗兰奇丢掉了嫉妒，内心恢复了平静。蓝月亮里非常安静，空气里只有弗兰奇嘟嘟囔囔的说话声，她在和士兵说婚礼的事情。两个人友好地看着对方，过了一会儿，士兵扭过脸去。

"是的，"弗兰奇自言自语地说，"参加婚礼这件事对我来说特别不一样，如果我一直住在这个镇子上，我就和大家一样，做一样的事情，一辈子就这么过了，为了避免过那样的人生，我觉得自己必须离开这里。"说完她抬起胳膊去抓帽子，但落空了，出来时她忘了戴帽子——那顶墨西哥帽她戴了一个夏天。迟疑片刻后她不好意思地挠挠头，又看了那个士兵一眼，离开了蓝月亮酒吧。

对她来说，这个早晨是那么的不同，和以往其他任何一个早晨都不一样，这其中有好几个原因，第一个原因当然是婚礼。很久以前弗兰奇喜欢假扮墨西哥人，她头戴一顶墨西哥大草帽，脚蹬一双高勒靴子，再像牛仔那样在腰上系条绳子，在镇子街道上一边转悠一边嘴里磕磕绊绊地学着墨西哥人说话的样子：Me no speak English—Adios Buenos Noches—Abla pokie peekie poo（我不会说英语—晚安—）。有时候跑来一群小孩子围着她，弗兰奇心里便有一股说不出的得意，觉得自己成功地假扮了一回墨西哥人。可是当她回到家中时，心里却会觉得失落。今天早晨她又想起了这些往事，于是去了原来自己扮墨西哥人时常去的几个地方，在那里她也碰到了以前碰见过的人，对她来说，她对他们当中的大部分人都不熟悉。但是今天早晨她压根儿不想假扮什么人，也不想蒙人，她只想做自己，她想告诉别人自己心里的这个想法，想得到认可。抱着这样的想法，她在镇子上来来回回溜达，差不多足足步量了五英里的路，根本不去管头上还顶着个巨大的太阳和大街上呛人的灰尘。

第二个不同是，走着走着弗兰奇心里突然响起了那些早就抛在脑后的管弦乐小步舞曲、进行曲、华尔兹和哈尼布朗爵士乐的调子，她心里萦绕着这些曲子，脚下不由自主地踏着那些曲子的旋律。那天早晨她的世界似乎有三个弗兰奇，一个是过去的这十二年里的弗兰奇，一个是今天的弗兰奇，还有一个是未来的将和另外两个名字同样以 JA 打头的人共闯天涯的弗兰奇。

弗兰奇一路走着，她想想过去的自己（一个脏兮兮的小孩儿，眼神里写满了渴望，在不远处像个鬼魂一样跟着自己），再想想婚礼后自己的未来，便觉得未来好像是自己头顶上的天空，一望无垠坦坦荡荡。这一天的重要性不输于过去的任何日子，虽然它们是那么漫长，也不输于未来的日子——它的重要性就好比是一扇门的合页，而且因为这是承前启后的一天，所以不奇怪它为什么给人一种截然不同的感觉。这就是弗兰奇认为这天早晨和以往的任何一个早晨不同的原因，虽然这些原因很难表达出来。在这些原因和实际情况中，那总想做自己并被外人认可的原因最强烈。

她走在镇子北边的林荫小道上，马上就要走到主街了。她注意到在一扇窗户上全部挂着蕾丝窗帘的公寓前，站着一个正在打扫阳台的女人。她走过去，和女人说了几句天气好坏的话，然后开始说自己的计划，就像她在蓝月亮酒吧里对葡萄牙人以及和她这一天遇到的其他人所说的那些话一样，她之所以这么做是她认为和别人说事情就要像唱首歌那样，有始有终。

她刚开了个头儿，心立刻踏实了不少，随着说出贾维斯和简妮斯的名字和自己的计划，她的心里马上轻松下来，等到她全部讲完，心里已经是满足得不得了。那女人拄着笤帚把儿，一直听着，在她身后，大厅的门开着，里面光线很暗，但是还是能看见楼梯和左手边的一张桌子，上面摊着几封信。从屋子里飘出来一股浓浓的炖萝卜味，食物的香味和光线黯淡的大厅似乎和弗兰奇内心的喜悦融在了一起，她看着那个女人的眼睛，心想，虽然自己连她的名字也不知道，但她爱她。

那女人一直没说什么，既没问她什么也没有说她哪儿说得不对。直到弗兰奇说完了，准备转身走的那一刻，才说了一句："噢，要我说——"没等她说，弗兰奇已经蹦蹦跳跳地上路了，她走得很急，脚下的步子像是和着某个乐队演奏的轻松的旋律。

她经过旁边的草坪，拐上另外一条小路，路边站着几个修路工人，空气里弥漫着焦油和碎石的混合味道，拖拉机发出巨大的噪声，很吵。弗兰奇决定和那个站在拖拉机旁边的工人说出自己的计划——弗兰奇跑到那个人的旁边停下，扭过头看着那张被太阳晒得黝黑的脸庞。为了让对方能听得清楚些，她把两只手拢在嘴边对那人大声说了自己的计划，不过她不确定那人是否听明白了，因为当她说完后，工人大笑起来，扯着嗓子和她说了句什么，弗兰奇没听清。在这里她又仿佛看到了过去的自己，一个嘴里嚼着一大团松脂，溜溜达达，一直在这里待到中午，看着工人们打开那个盛饭大桶的桶盖的小孩。弗兰奇注意到离那几个修路工人不远处停着一辆漂亮的大摩托车，她走过去，眼里换了一副羡慕的神色，她朝着摩托车的皮椅子上吐了口唾沫，攥起拳头使劲擦了擦自己吐唾沫的地方，直到皮子被擦得亮光光的才停手。这一片区域的房子靠近镇子边缘，从外观看房子很新，人行道旁种了很多漂亮的花儿，汽车整整齐齐地停在门前。考虑到像这样的好小区行人也少，弗兰奇掉头向镇子中心走去。悬在头顶的太阳像是一个烧红的铁盖子，弗兰奇的衬裙全都湿了紧紧地贴在身上，就连外面的纱裙有几处也被汗水湿透了。她心里一直回响的进行曲现在转到了一首小提琴夜曲，弗兰奇的脚步随之也慢了下来。她踏着小夜曲的节奏晃到了镇子的另一头，她走得很远，甚至超出了主街和那几座工厂，一直走到工厂区边缘的那些破破烂烂的看上去灰不拉几的街道上，这里的尘土大得呛人，四处都是灰色的破旧不堪的小房子，弗兰奇觉得自己在这里可以遇到更多的会听她那些计划的人。

（她走在路上，心里回荡着贝莉尼斯的声音，如果贝莉尼斯知道这个早晨自己都干了些什么，一定会说：难道你就这样晃悠了一个早晨？！到处找不认识的人说话？！我这辈子没听说过谁会这样做！声音像只苍蝇一直在弗兰奇的心头嗡嗡着，她只好装作没听见。）

工厂区到处是让人看着难受的小巷和歪歪扭扭的街道，她穿过那条虽没有划分但实际存在的分界线，这条线把苏格维尔①和白人区区别开来。这里和工厂区一样，一眼望去都是那种只有两个房间的小棚屋，厕所在外面，看上去破破烂烂，但是和工厂区不一样的是，这里的苦楝树看上去十分茂密，圆形的树冠给地上投下许多浓密的阴影。许多人家的阳台上都摆着花盆，里面种着蕨类植物，给人的感觉很凉爽。弗兰奇对这一带很熟悉，她一路走着，察觉到长久以来自己对这些小路已经是熟悉得不能再熟悉，她仿佛看见以前的日子——冬天清冷的早晨，洗衣服的女人在烧水，黑色的铁壶下面跳动着橘红色的火焰，秋天的夜晚，风不停地刮着。

太阳亮得晃眼，一路上她碰到了不少人，有些人她认识，叫得出名字，有些人她不认识，但她和每个人都打招呼，和他们说自己的计划，到最后从她嘴里说出来的话都是固定的，一个字

---

① 苏格维尔特指黑人聚居区。

都不用改动。时间已经是十一点半了,弗兰奇走得有点累了,甚至回响在自己心里的那些乐曲也因为身体上的疲劳而变得拖沓起来。现在,她觉得自己心头所渴望的被外人认可的想法已经实现了,于是掉头向来路走去,她想回到自己一开始出发的地方——主街,在强烈灼热的阳光的烘烤下,它周围的那几条小路这会儿看上去一定闪闪发亮,没有几个行人。

通常她只要去镇子上玩一定会去爸爸的店里待上一会儿。爸爸的珠宝店和蓝月亮在同一个街区,但离主街只隔着两个门牌号,位置不错,店面不算大,门口的橱窗里摆着好多天鹅绒面儿的盒子,盒子里装着特别昂贵的珠宝。爸爸的工作台在里面,通常行人从门口的人行道走过时,透过窗户可以看见正在埋头工作的爸爸。那些表小巧精致,而爸爸的那双褐色的大手看上去比蝴蝶还灵活敏捷。说爸爸是这镇子上的名人并不为过,因为很多人都见过他,也叫得上他的名字,可是爸爸一点都不骄傲,工作时他从不抬头瞅一眼那些停在橱窗前打量他工作的人。可今天上午,爸爸没有像往常那样伏在工作台上,弗兰奇走进店里,看见他正在把已经卷起的袖子往下放,看来爸爸要出门了。

摆放在柜台里面的珠宝、手表和漂亮的银器把长长的玻璃柜台衬托得十分明亮。店里面飘浮着修表用的煤油的气味。爸爸擦着嘴唇上的汗,又不耐烦地揉揉鼻子。

"一大早你跑哪儿去了?贝莉尼斯给我这儿打了两次电话,说怎么也找不到你。"

"我去镇子上玩去了。"弗兰奇说。

爸爸似乎并没有心思听弗兰奇解释:"我这就去你帕特姨妈

家，家里出了事儿，她让我过去商量一下。"

"出了什么事儿？"

"你查尔斯大叔去世了。"

查尔斯大叔是约翰·亨利的叔叔。虽然弗兰奇和约翰·亨利是表兄妹，但是她和查尔斯大叔没有血亲关系。查尔斯大叔住在仁弗路附近的一间屋子里，屋子四周是一片棉花地，屋子离她们这个镇子有二十一英里的距离。查尔斯大叔年纪很大了，一直生着病。人们总说他一只脚已经踏进坟墓里——他经常穿一双在卧室里才会穿的拖鞋。查尔斯大叔死了，不过这事儿应该不会影响到哥哥的婚礼，所以弗兰奇只是说了句"可怜的查尔斯大叔，这真是个遗憾"就不再说什么。

爸爸去了帘子后面。帘子是天鹅绒做的，颜色灰突突的，闻上去有股子馊味。这块帘子把房间隔成了两间屋子，前面的空间较大，谁都可以待在里面，后面的屋子只有很小一块地方，少有人打扫，自家人才可以进去，里面有一台净水器，几排架子，上面摆满了盒子，还有一只大号的铁做的保险箱，到了晚上爸爸就把那些钻石戒指锁进里面以防给人偷了去。看着爸爸去了帘子后面，弗兰奇走到靠近窗户一端的工作台前，俯下身子打量起台子上的一块手表来，手表拆了一半，放在绿色的吸墨纸上。

弗兰奇认为自己身上流淌着修表匠的血，她特别喜欢戴上爸爸的眼镜，爬到爸爸常坐的那张凳子上坐好，微微蹙起眉头用放大镜看来看去，或者给绳子上蘸点汽油什么的。有时候还开动车床车点儿东西。有时候窗外会聚过来几个闲人，站在外面朝里看着她忙，每到这时弗兰奇就觉得这些人在议论自己，他们说："弗兰奇·贾思敏·雅德姆斯为她爸爸工作，一个星期能挣十五块呢！她能修好最难修的表，还和她父亲去过世界林人俱乐部[①]，好好瞧瞧她，这丫头可是他们家族的骄傲，不光是家族的骄傲，她还是我们这个镇子的骄傲。"每次她皱着眉头端详那些钟表时，心里都会想着人们如何议论她。但是今天她没有戴放大镜，只是看着摊在台子上的那几块手表发呆。她觉得自己应该就查尔斯大叔的死说几句。

等到爸爸走到自己跟前时，弗兰奇说："查尔斯大叔是一个好市民，他的死对我们这个镇是个损失。"

爸爸显然没有听她说什么，而是说："你先回家，贝莉尼斯打过好几次电话，问你在不在这儿。"

"好的，爸爸，你说过你会给我买婚礼上穿的衣服，还有袜子和鞋子。"

"你去迈杜格商店里买吧，让他们先记上账。"

"为什么我们总是要到迈杜格商店去买东西，只是因为它是这里的商店？"弗兰奇嘟嘟囔囔地向门口走去，"我要去的地方，那里的商店会比迈杜格商店大一百倍。"

第一浸信教堂塔楼的钟声响了，整整敲了十二下。大街上弥漫着昏睡的气息，就连那些车头朝着中心草坪停泊的汽车也一个个像睡着了似的。路人紧紧贴着屋檐下窄窄的阴凉地儿走着。天上似乎只剩了太阳，路旁边的商店像是给太阳晒黑了，晒皱了——远远看去，那座有飞檐的屋子像是被太阳晒化了。这样的

---

① 二十世纪的美国是一个俱乐部国家，有很多名目的俱乐部。

中午，街上几乎没有什么人，四周安静得要命，正在这时，弗兰奇听到了耍猴人的琴声，她被琴声吸引，脚下不由自主地朝琴声传出的方向走去。她想去找那个耍猴人，告诉他自己的计划。

弗兰奇走得很快，她心里惦记着耍猴人和那只猴子——不知道他们是否还记得自己呢？她一直很喜欢看耍猴人和他的猴子的表演，耍猴人和那只猴子两个长得很像，脸上都有一种很急切的想弄明白什么的表情，好像时时刻刻怀疑自己是不是做错了什么。也是，那只猴子老是颠三倒四做错事情，每次它和着风琴声跳完舞后，本来应该摘下它头上那顶可爱的小帽子，递到观众面前伸手要钱，可是它呢，大部分时候都是朝耍猴人一个劲儿地鞠躬，还把帽子伸过去朝耍猴人要钱，耍猴人刚开始还哄它，后来也不耐烦起来，做出要打它的样子，这时候猴子往往被吓得缩成一团，嘴里发出吱吱吱吱的叫声——耍猴人和猴子面面相觑，两个布满皱纹的脸上都是一副又怕又恼的表情。弗兰奇跟在耍猴人和猴子后面，她很着迷于这样的表情，而且脸上不自觉地也带上了这样一副表情，特别是现在，弗兰奇迫不及待地想见到耍猴人和那只猴子。

风琴声断断续续，但是很清晰。耍猴人虽然不在这条主街上，但应该离得不远，因为琴声是从下一条街的拐角处传来的。弗兰奇继续向前走着，当她快到下一条街时，听到了另外一个奇怪的声音，她停住脚步——在风琴奏出的乐曲里还夹杂着一个男人和耍猴人吵架的声音，两个人好像都很生气，吵嚷声中还夹杂着猴子的叫声。突然风琴声打住了，空气里只剩了两个人嚷来嚷去的声音。弗兰奇在希尔锐步百货商店的拐角处拐了个弯，往前瞧去。

这条街很窄，它前面不远处就是前卫大街。阳光耀眼，弗兰奇看到耍猴人和猴子立在路边，他们旁边还站着一个士兵，手里拿着一沓钱——看样子有一百美元左右。士兵好像在发脾气，耍猴人则是一副既激动又可怜巴巴的模样。这两个人在吵架，弗兰奇听了一会儿，大致明白了事情的原委：士兵要买那只猴子。猴子一直哆哆嗦嗦地蹲在希尔锐步百货商店的外墙墙根处，天这么热，可耍猴人还给它身上套了件红色银扣的小衣服，猴子的脸上满是恐惧和绝望，好像随时要打个喷嚏出来。它面前没有任何人，可是吓得瑟瑟发抖的它居然作起揖来，还把帽子伸出去好像是在问谁要钱似的。猴子仿佛知道这场争执是因它而起，所以自责得不得了。

弗兰奇往前紧走两步站下，安静地看着吵来吵去的耍猴人和士兵。突然，那个士兵猛地抓过系猴子的链子，猴子立刻吱吱吱地叫起来，跟着便一跃而起，没等弗兰奇回过神来，它已经顺着弗兰奇的大腿三下两下蹿到了她的肩膀上，两只毛茸茸的手紧紧抱住弗兰奇的脑袋。事情发生得太突然！弗兰奇吓得一动都不敢动，耍猴人和士兵见此也住了嘴，不再争吵，士兵手里还抓着那一沓钞票。大街上突然安静下来，空气里回荡着猴子断断续续的叫声。

第一个反应过来的是耍猴人。他开始冲着猴子说话，语气温柔，又是一秒钟不到，猴子已经从弗兰奇的肩头跳到耍猴人背着的风琴上，耍猴人带着猴子加快步子往街道拐角走去，就在他们拐过去的那一瞬间，弗兰奇看见耍猴人和猴子同时掉转头朝自己这边瞪了一眼，好像是在责备她。弗兰奇倚在墙边，心里感觉怪怪的，身子还在抖，好像那只猴子还停在她的肩膀上，猴子身上的那股酸味儿和土味儿还停留在她的鼻腔里。士兵嘴里嘟囔着，直到耍猴人消失才闭上嘴巴。弗兰奇注意到这个红头发的士兵正是自己在蓝月亮酒吧遇到的那个士兵。她看到士兵把手里的钱重新塞回衣服口袋里。

"它很可爱，"弗兰奇说，"它居然跳到我的肩膀上，真好玩儿。"

士兵似乎这才注意到弗兰奇，他脸上换了另外一副神色，不是生气而是别的什么。他打量了弗兰奇一眼，这一眼从她的头顶开始，沿着她身上的纱裙一直看到她脚上的黑色浅口高跟鞋。

"我猜你一定很想得到那只猴子，我也是。"弗兰奇说。

"你说什么？"士兵嘟囔了一句，他说得含混不清，让人感觉他的舌头像是毛毡或厚厚的吸墨纸做的，"我们去哪儿呢？是你跟着我，还是我跟着你。"

这是弗兰奇没想到的。士兵和她说话的语气就好像他们是两个旅人，在一个观光小镇遇到了，彼此邀请对方搭个伴似的。有一瞬间，弗兰奇脑子里突然冒出个想法，她觉得这句话好像在哪里听到过，也许是在电影里，而且，那似乎应该是一句套话，一问一答有固定的模式。可是她实在不知道自己应该说什么，终于，她试探性地问那个士兵：

"你要去哪儿？"

"挽住我。"士兵说，同时把胳膊一架，递给弗兰奇。

弗兰奇挽着那个士兵走在小路上。正午的太阳缩短了地上的影子。士兵是那天唯一一个主动和她说话并邀请她一起散步的人。但是，当弗兰奇开始说起婚礼时，气氛变得有点不对劲儿。这或许是因为她已经跑遍镇子和太多人说了这件事，所以现在已经有点懒散了，又或许是因为士兵的关系，她感觉他似乎心不在焉。他从眼角打量着她身上那件粉色纱裙，嘴角似笑非笑地扬着。弗兰奇感觉两个人的步子很难合拍，虽然她很努力地跟着，但是不成，士兵走起路来有些跟跄，两条腿像是不听使唤似的。

"请问一下，你是从哪个州过来的呢？"弗兰奇很有礼貌地问士兵。

不等士兵回答，弗兰奇脑子里已经快速闪过一些地名：好莱坞，纽约，缅因州，都是她自己知道的一些地名。很快，她听到了士兵的回答——"阿肯色"。

把联邦这四十八个州都数一遍，阿肯色州是少数几个不能吸引弗兰奇的地方之一，对于不能吸引自己的地方，弗兰奇很难提出问题来，于是她转移话题，问了和刚才的问题在方向上截然相反的一个问题：

"你要去哪里？"

"不去哪儿，就是转转。"士兵说，"我休三天假，出来放松一下。"

看来士兵没有听懂自己的话，因为弗兰奇的意思是他将要被送到哪个国家去打仗，还没等她解释，士兵先说了：

"前面拐角处有间酒店，我就住在那里。"士兵的视线一直在弗兰奇纱裙的领口处徘徊，"我好像以前在哪儿见过你。你在'闲适时光'跳过舞吗？"

两个人沿着前卫大街向前走去。街道上弥漫着星期六下午才有的气氛。卖鱼铺子二楼的窗户旁站着一个黄头发的女人，她一边吹头发一边冲着下面的两个士兵喊着什么。一个人站在街道角落里，正在对着他面前一群年轻的做仓库搬运工的黑人和几个穿得破破烂烂的孩子布道。弗兰奇没有心思看这些，脑子里只有士兵嘴里说的舞会和"闲适时光"，就像是她想一个故事时，那故事一直在她心头绕来绕去，她意识到自己是平生第一次和一个士兵肩并肩走在街道上，而且对方是那一伙兴高采烈地走在大街上或者和姑娘散步的一群士兵当中的一个。他们在"闲适时光"跳了一会儿舞，如果是在平时，这个点弗兰奇已经睡觉了。她玩得很开心，也有点得意：要知道除了艾莲·欧文，她还从来没有和任何人跳过舞，也从来没有来过"闲适时光"这样的地方。

不过也不都是得意，她还感觉有点不自在，甚至有点疑惑，只不过她也说不出来自己为什么不自在，又在疑惑什么。正午的空气又闷又热，人像是被裹在热乎乎的糖浆里，从纺织厂的方向飘来一股令人窒息的味道，一闻就是从漂染车间里散发出来的味道。从主街传来一阵时有时无微弱的铃声。

士兵突然站住了："我们到了，就是这间酒店！"

在他们的面前矗立着蓝月亮酒吧，弗兰奇心里有点惊讶，因为她不知道为什么士兵把蓝月亮酒吧叫作酒店。在她的印象里，这里只是一间喝咖啡和酒的地方。士兵替她打开纱门，示意她先进，弗兰奇注意到士兵身子有点摇晃。

她的眼前先是出现了一片刺目的红光，然后是一片黑暗，接着一道蓝光闪过，过了足足一分钟，眼睛才适应了里面的光线。

士兵也跟了进来，他带着弗兰奇向右手边的一个包厢走去。

"来杯啤酒？"士兵的语气听上去不是在问她，倒像是她已经答应了他似的。

弗兰奇不喜欢喝啤酒，因为她曾经偷偷喝过爸爸的啤酒，酒里有一股馊味，但是士兵问她的语气让她感觉自己没得选择，只好说："好的，谢谢！"

虽然酒店常常出现在她的剧本里，但实际上弗兰奇长这么大还从来没有进过任何一间酒店，爸爸倒是住过几次酒店，还给弗兰奇带回来两小块模样像蛋糕的香皂，她一直留着那两块香皂，不舍得用。弗兰奇眼里带着好奇的神情打量着四周，突然觉得自己应该看上去像那么回事儿，于是她贴紧包厢桌子边缘，坐正身体，又抚抚裙子，以免裙子坐出褶子来。她人绷得笔直，脸上也是一副一本正经的表情。她觉得蓝月亮更像是一个喝东西的地方而不是一间能住人的酒店。她这次在蓝月亮里没有看见那个脸色苍白、满是忧愁之色的葡萄牙人，就连那个常常站在柜台后面一笑露出一口金牙的胖女人也没有出现。屋子后面的那个楼梯也许通向酒店楼上的房间，蓝色霓虹灯泡发出的光照在铺着油毡布地毯的楼梯上。收音机里正在声嘶力竭地播放一条广告：但丁牌口香糖！但丁牌口香糖！但丁牌！房间里的啤酒味让她怀疑墙后面是不是躺着一只死老鼠。那士兵从柜台回到包厢，手里拿着两杯啤酒；他舔了下手上溢出来的啤酒沫儿，把手在屁兜上蹭了蹭。等到士兵坐下来后，弗兰奇说话了，用的是一种她从来没有用过的嗓音——一种似乎是从鼻子里冲出来的很高的嗓音，听上去不仅动听还很庄重。

"你不觉得这很有意思吗？我们现在坐在这间酒店的桌子旁，可是一个月以后，也许我们就各奔天涯。也许明天军队就会派你去阿拉斯加，就像他们派我哥哥去阿拉斯加一样。或者把你派去法国、非洲、缅甸那些地方。我现在还不知道我会去哪儿，我希望我们去阿拉斯加待上一阵，然后再去别的地方。他们说巴黎已经解放了，我猜战争下个月就会结束。"

士兵举起酒杯，仰起头，大口大口地往嘴里灌着酒。虽然弗兰奇不喜欢啤酒的滋味，但还是抿了几口。此时在她心里，世界不再是那个迷茫而分裂的世界，也不再是那个搞得她眼花缭乱，每小时转一千英里，到处都有战争和遥远国度的圆球，现在的她不仅不糊涂，心思还很清晰。她感觉世界就在眼前，前所未有的近。她坐在这间叫蓝月亮的酒吧的包厢里，对面是那个士兵，心里却突然浮现出她、哥哥以及哥哥的新娘，他们三个在一起的画面——他们正在阿拉斯加海边走着，头上是湛蓝清冷的天空，海浪结成淡绿色的冰，层层叠叠地堆在岸边。后来他们各自在腰间系了一条绳子，攀附上一座冰山，浅白色的冰山既明亮又冰冷，另一座冰山上站着他们的朋友，正在用爱斯基摩语叫着他们三个的名字——都是以 JA 打头的名字。她又看见他们和一群穿着袍子的阿拉伯人骑着骆驼，在铺天盖地的沙尘暴中艰难地跋涉着。接着画面转到他们在缅甸那幽深无比的雨林里行进的镜头——她曾经在那本《生活》杂志上见到过那样的雨林。她想，因为婚礼，世界以及这些曾经对她来说是那么遥远的地方和她的距离变得如此之近，近到就像冬山镇，或者说就像冬山镇到他们这个镇子的距离。这些曾经的幻想现在变得如此真实，真实得让她感觉不像是真的。

"哎呀，这真让人激动！"她感叹道。

士兵已经喝光了面前的酒。他抬起手，用长满雀斑的手背抹了抹嘴。虽然他脸上肉不多，但看着有些虚胖，皮肤在霓虹灯下熠熠地闪着光。他脸上雀斑很多，在弗兰奇看来，这个士兵唯一长得好的地方是他的头发，那一头红色的卷发看上去特别有光泽。他的眼珠是蓝色的，两只眼睛离得很近，眼白有点浑浊。他盯着她看的眼神很古怪，不是旅人看旅人的眼神，而是要和她分享什么秘密似的眼神。他等了几分钟才开口说话，可说出来的话却让人摸不着头脑。那士兵说道：

"这是哪位小可爱呢？"

桌子上没有菜，弗兰奇觉得士兵话里有话，这让她感到不舒服，于是主动换了个话题："我以前和你说过吗，我哥哥也是军人。"

但士兵没接她的茬儿，只是说："我发誓我以前在哪儿见过你。"

弗兰奇心里的疑惑又深了一层，她意识到士兵搞错了，他以为她是大姑娘，可她还不到十三岁，但她心里还是有点小欢喜，虽然她也不确定这种感觉。她没话找话地说道：

"有些人不喜欢红头发，可是我喜欢。"说完她马上想到自己的哥哥和他的新娘，于是就又加了一句，"我还喜欢深棕色头发和黄头发。"接着她又说："我总想，上帝让男孩子有一头卷发就是浪费，要知道这个世界上还有很多女孩儿，她们的头发直得像烧火棍。"

士兵趴在包厢桌子上，一双眼睛直勾勾地看着她，过了一会儿后他伸出食指和中指，指尖像两条腿走路一下一下地点着桌面往弗兰奇这边挪过来。他的手看上去有点肿，指甲里嵌满了黑泥。弗兰奇觉得事情有些可疑，似乎要发生什么奇怪的事情。就在这时，门口突然传来喧哗声，三四个士兵从外面拥进酒店里，人声和关门声立刻充斥着酒店，士兵不再挪动手指，他瞟了一眼那几个士兵，眼里的神色也变了。

"那只小猴子太招人喜欢了！"弗兰奇说。

"什么猴子？"

弗兰奇心里的疑问更深了，她总觉得哪里有点不对劲："就是几分钟前你想买下来的那只猴子呀。你怎么了？"

肯定是有问题。因为士兵把手攥成拳头狠狠拍了几下脑袋，四肢瘫软地倒在包厢的座位上，好像不行了似的。"噢，那只猴子呀！"他含糊不清地说道，"喝了那么多酒，又在太阳底下走了那么长时间的路。我昨天晚上折腾了一晚上。"士兵叹了口气，双手松开平放在桌子上，"我觉得自己不行了。"

弗兰奇意识到事情似乎有点不对劲儿，自己坐在这里是干什么来的？她心里犯起了嘀咕，不知道自己该不该回家去。其他几个士兵围坐在楼梯口附近的一张桌子旁，柜台后，镶金牙的女人正在忙碌着。弗兰奇喝完面前的啤酒，看着杯子边缘挂着一圈牛奶似的白沫。酒店里又闷又热的氛围让她觉得很不自在。

"我要回家了，谢谢你请我喝酒。"

她从凳子上站起身往外走去，士兵也跟着站起来，一把扯住她的袖子说："别走呀，我约你怎么样？今天晚上九点钟，约会好吗？"弗兰奇立刻感觉头晕乎乎的，心跳加速，她想，也许是因为酒精的作用，她感觉脚下怪怪的，好像自己多长了两条腿，成了四条腿的人。长这么大还没有一个人对她说过要和她约会的话，更别说这句话是出自一个士兵的口。

约会这个词只有那些大姑娘才听到过，这是一个属于大人的字眼，弗兰奇听到士兵的邀请又是高兴又是难过，如果面前这个士兵知道她还不到十三岁，肯定不会这样说话，可能都懒得搭理她，想到这儿，她心里突然不安起来，那是一种不知如何是好的不安。

"你一定要来啊，"士兵怂恿似的说，"九点钟见面，然后我们一起去'闲适时光'或者其他地方，可以吧？九点钟在这里见面。"

"好吧。"弗兰奇迟疑了一下说，"我很乐意。"

她又一次走回到那条滚烫的小路上，斜阳底下，路人的身影看上去又黑又小，她有点心烦，刚刚在酒店待的半个小时彻底扰乱了她的心思，早晨起来时婚礼带给她的高兴劲儿不见了，不过这样的情况并没有持续多久，等到她走到主街时，心里又开始高兴起来。她碰到一个同校的女孩儿，那女孩儿低她两个年级，弗兰奇叫住对方，向她复述了一遍自己的婚礼计划，还对女孩儿说了那个士兵邀请她跳舞的事情，语气很是得意。她还邀请那女孩儿和她一起去买婚礼上要穿的衣服，她们俩在商店里待了一个小时，试了足足一打的漂亮衣服才离开。

在回家的路上，她又碰到了一件事，这件事也让她想到了婚礼。这件事既像是她亲眼所见，又像是她想象出来的，总之真假难辨，让人感到很困惑。当时她走在路上，突然心脏好像被什么东西打了一下，就像是凭空飞过来一把刀子，正扎在她的胸口上，刀身还微微抖个不停。弗兰奇猛地僵在那里，一只脚停在半空中，人一下子缓不过劲儿来。她瞥到黑乎乎的两个人影，躲在她刚才经过的巷子里，虽然只是一闪而过，但是被她用左眼的眼角捕捉到了。因为是用眼角扫的，所以看得不真切，因为不真切，她心里突然蹦出哥哥和他的新娘在一起的画面。当时她仿佛看到了哥哥和他的新娘站在壁炉前，哥哥的胳膊放在新娘的肩头。那画面给她的冲击如此强烈以至于她感觉哥哥贾维斯和新娘简妮斯就站在她身后的巷子里，让她看见了——虽然她心里很明白，哥哥和他的新娘这会儿正在离这个镇子一百英里远的冬山镇上。

她把那只悬在半空中的脚落到人行路面上，然后慢慢转过身，扫了一眼周围。小巷夹在两个小店之间，微弱的光线让它看起来又窄又暗。也许是因为害怕，弗兰奇没有直接看过去，而是让目光先落在墙上，然后自上而下一点点地往下挪，她又一次看到了那两个叠在一起的影子，到底是什么呢？弗兰奇呆住了，巷子里站着两个黑人男孩儿，一高一矮，高个男孩子的手搭在矮个男孩子的肩膀上。两个人只是待在巷子里，这没什么大不了——可是他们站立的姿势和角度以及在一起的样子让弗兰奇惊讶地想到自己的哥哥和他的新娘。这幅画面结束了婚礼前一天的这个上午，等到弗兰奇回到家，已经是两点钟了。

2

　　这个下午颇像贝莉尼斯上星期一烤坏的那个蛋糕。每次贝莉尼斯烤坏了蛋糕，弗兰奇都很开心，倒不是因为她心眼坏，而是因为她最爱吃这种烤坏了的蛋糕，特别是蛋糕的芯，黏黏糯糯的，好吃得不得了，可是大人们为什么会说这种蛋糕是烤坏的蛋糕，弗兰奇不理解。她觉得上个星期一的天气很像这样一块烤坏了的蛋糕——早晨起来清爽无比，大太阳挂在高空，到了下午阴沉沉的，像蛋糕的芯。弗兰奇来到厨房，也许因为这是她在厨房的最后一个下午，她觉得厨房也变了，变得很温馨，和以前一点都不一样。贝莉尼斯正在熨衣服，约翰·亨利手里拿着一个吹泡泡用的小圈儿，眼神古怪地瞅了弗兰奇一眼，肥皂泡从他嘴边源源不断地冒出来。

　　"你又跑到哪里疯去了？！"贝莉尼斯说。

　　"你不知道一件事，可我们知道，"约翰·亨利说，"你猜？"

　　"猜什么？"

"我和贝莉尼斯也要去参加婚礼！"

约翰·亨利的话吓了正在脱衣服的弗兰奇一跳。

"查尔斯大叔死了。"约翰·亨利说。

"我刚听说，可是——"

"真可怜，"贝莉尼斯说，"那个可怜人是今天早晨走的。韦斯特家的人说要把他的遗体送到欧佩莱卡家族墓地里去。所以让约翰·亨利过来和我们住几天。"

查尔斯大叔的死肯定会打乱婚礼上的安排，她得好好想想。贝莉尼斯还在熨衣服，弗兰奇跑到通向自己房间的楼梯上坐下，闭上眼睛：查尔斯大叔住在乡下的一幢旧板房里，老得连玉米都啃不动了。打从今年六月份起，他就开始生病，而且一天比一天严重，最后卧床不起，他变得又黑又瘦又老。他总是抱怨说墙上的画挂歪了，大家帮他把墙上的画摘下来——他还是抱怨，说床的位置摆得不对，大家又帮他把床挪了个地儿，可查尔斯大叔还是不满意。后来他连话也说不出来了，喉咙里像有胶水堵着，这下更没人明白他想说什么了。一个星期天，弗兰奇去约翰·亨利家玩，正碰上他们家大人要去农场探望查尔斯大叔，她也跟着去了，到农场后，弗兰奇轻手轻脚地走到查尔斯大叔的房间门口骨碌着眼珠子往里张望：查尔斯大叔身上盖着被单，像个木头人似的一动不动地躺在房间最里面的那张床上。两个蓝眼珠子像是一对蓝色果冻，很长时间才转动一下，每转一下都像是要从眼窝里掉出来似的。由于害怕，她没待多久就走开了。后来大人们终于明白了查尔斯大叔的意思，原来他是说从窗户里透进来的阳光让他不舒服，可是阳光应该不会让他感到不舒服呀！其实谁都知道，让查尔斯大叔不舒服的是死神。

回忆完了，弗兰奇睁开眼睛，伸了伸胳膊腿儿，回到厨房说：

"死真是件可怕的事儿！"

"当然是件可怕的事儿！"贝莉尼斯说，"那老头儿受了不少罪！人就是这样，到时候了就得走，谁也扛不过上帝的旨意。"

"我知道。可是这事儿也太奇怪了，查尔斯大叔为什么偏偏这时候死？为什么你和约翰·亨利也要去参加婚礼？我认为你们两个应该待在家里。"

"弗兰奇·雅德姆斯！"贝莉尼斯把手往腰上一叉，说，"我说你这个孩子真够自私的！我们和你一样，在厨房里闷了一个夏天——"

"别'弗兰奇'长'弗兰奇'短的，我现在不叫'弗兰奇'，我不想为一个名字没完没了地提醒你！"

时间刚过中午，以前房间里常常回荡着音乐声，通常是他们常听的那个乐队演奏的曲子。可今天因为关了收音机，厨房里显得出奇安静。有人在小路上远远地喊着什么，听上去像是一个卖菜的黑人男子的吆喝声，尾音拖得很长，直通通的，一点儿弯都不拐。除此之外，空气里还有铁锤砸在东西上的声音，每敲一下便传来一阵回声，回声像是在画圈儿，绕过来又绕过去，连绵不断。

"你要是知道我今天去了哪些地方保准会吃惊的！我把镇子转了个遍，我还看见了耍猴人和他的猴子。有个士兵，他掏出一百美元说要买下那只猴子。你见过这种事吗？"

"没见过。那人是不是醉汉？"

"醉汉？"弗兰奇说。

"什么？猴子和耍猴的？"约翰·亨利说。

贝莉尼斯的怀疑让弗兰奇也疑惑起来，考虑一分钟后她说："他没醉。大白天谁会喝醉？"其实她很想和贝莉尼斯聊聊那个士兵，"还有……"她正在犹豫要不要说下去的时候，一串五颜六色的泡泡从她眼前飘过，她看着泡泡想，在厨房里，光着脚，身上只穿件衬裙，怎么能说清楚士兵醉没醉。她觉得好难，要不要告诉贝莉尼斯自己答应了那士兵提出的晚上约会的事情呢？为了摆脱脑子里的想法，她干脆换了个话题："我希望你今天把我所有的衣服都洗干净熨好，我明天要带到冬山镇去。"

"你就在那儿待一天！"贝莉尼斯说，"带那么多衣服干吗？"

"你没听见我说话吗？！"弗兰奇说，"参加完婚礼我就不回来了！"

"你真是个傻瓜！你告诉我，你凭什么觉得人家两个度蜜月会带上你？你没听过那句老话吗？三个人太多，两个人是伴儿！人为什么结婚，就是因为这个道理：'两个人是伴儿，三个人一团糟！'"

谁能争得过这些老话呢，再说她本身就很喜欢贝莉尼斯的这些老话，也常和人说两句，有时候还把它们编进剧本里。于是她不再争辩，只说了一句：

"等着瞧好了！"

"《圣经》里怎么说大洪水的？还有，《圣经》里是怎么说挪亚和方舟的？"

"这和大洪水有什么关系？"

"想想挪亚是怎么带那些动物上船的！"

"闭嘴吧！"弗兰奇说。

"两个两个！成双成对！"贝莉尼斯说，"挪亚是两个两个地把那些动物带到方舟上的。"

可以说整整一个下午，她和贝莉尼斯都在为婚礼的事儿吵架。贝莉尼斯压根不听弗兰奇的，不仅不听，还一个劲儿地把她往回拽，拽回夏天的日子里（虽然弗兰奇现在觉得那段日子离自己很远了），那可是个让人难受得发疯的夏天！她感觉贝莉尼斯就像警察对待小偷那样，揪住她的衣服领子，用力把她拽回到夏天的日子。但她也很倔，她才不想受贝莉尼斯的控制！甭管她说什么，贝莉尼斯总是能挑出刺儿来，而且，贝莉尼斯从头至尾都在说婚礼的坏话，这是她绝对不允许的！

她用一只手举着刚才自己试过的那件粉色礼服，另一只手指着衣服对贝莉尼斯说："你记得吗？这件衣服刚买回来时上面有好多褶子，其实它应该就是那样的，可是你把那些褶子熨平了，我觉得我们应该让它恢复原来的样子。"

"谁来干这活儿？"贝莉尼斯抢过裙子，打量着，"我可没时间！有一堆事等着我干呢！"

"可是这件事必须要做呀！"弗兰奇急了，"领子原本是有褶子的，而且，我今天晚上要穿它出门！"

"请告诉我你要去哪儿？"贝莉尼斯说，"顺便再回答一下今天你进门时我问你的那个问题——今天早晨你跑哪儿去了？"

贝莉尼斯这副态度和弗兰奇想的一样——这就是贝莉尼斯，

她不会听别人的。再说这事儿怎么说,它更像一种感觉,很难用话描述的感觉。当初她和贝莉尼斯提到"connexion"这个词时,贝莉尼斯只是神情疑惑地瞧着自己。后来她给贝莉尼斯描述自己在蓝月亮酒吧的见闻时,贝莉尼斯又开始摇脑袋,还把两个鼻孔张得那么大,所以到最后她也没有和贝莉尼斯说那个士兵,有几次她差点脱口而出,但她忍住了,因为她觉得心里有什么东西在告诫她,提醒她最好不要这样做。

等她说完后,贝莉尼斯说了一句:

"弗兰奇,说实话我觉得你就是来折腾人的!你刚才说你跑了大半个镇子,不管认识不认识,见人就说你的那些想法,你知不知道你骨子里的这种疯劲儿就是傻!"

"你等着瞧吧!他们会带我走的。"

"如果他们不带你走呢?!"

弗兰奇抱起那两个(一个用来装她那双银色的拖鞋,一个用来装她准备在婚礼上穿的裙子,外面用缎带绑好)盒子说:"这些是我要在婚礼上穿的衣服,我这就穿给你看!"

"如果人家不带你走呢?"贝莉尼斯重复道。

弗兰奇突然站住了,她刚走到楼梯口,厨房里一片寂静。

"如果他们不带我走,我就自杀!"她说,"他们肯定会带我走的!"

"你怎么自杀?"贝莉尼斯问她。

"我朝自己的脑袋开一枪。"

"你哪儿来的手枪?"

"五斗橱的抽屉里,爸爸放在那儿的,就放在手帕下面,和我妈的照片挨着。"

贝莉尼斯不说话了，脸上换了一副让人摸不透的表情。"你爸爸说你不能玩枪，你没听到吗？现在，上楼去！一会儿我们吃饭。"

这顿饭吃得很晚。这应该是他们三个在这间厨房里吃的最后一顿饭。一般来说星期六他们吃饭没个准点，有时候四点钟就开始吃晚饭，这个点太阳正在往下落，斜射到院里的道道金光让人想起监狱的栅栏。被太阳照到的地方还有凉亭以及两棵枝叶繁茂的无花果树，但是太阳照不到屋子的后窗，所以厨房里的光线很暗。三个人坐在餐桌旁，等到一顿饭吃完，太阳也落下去了。今天这顿饭他们吃的是"蹦跳约翰"，和筒骨一起煮的。三个人吃着吃着就聊起了爱情，这个话题可是弗兰奇从来没有谈论过的，她也从来没有在自己的剧本中写过爱情。是贝莉尼斯先挑起的话题，她又不能把两只耳朵堵起来，只好一边嚼着豌豆米饭一边听贝莉尼斯说：

"我听到过的怪事太多了！比如有些男人，死心塌地地爱上了某个女人，可那女人长得要多丑有多丑，丑得让你觉得这些男人眼睛是不是有问题。还有婚礼，千奇百怪，算得上世界上最奇怪的婚礼，你都想象不出，都是我亲眼见过的，有一次我听说一个男孩的整张脸被烧得——"

"哪个男孩儿？他叫什么名字？"约翰·亨利问。

贝莉尼斯咬了一口手里的玉米饼子，咬完用手背抹抹嘴说："我就知道那种女人，明明爱的是个十足的魔鬼，可她把那个男人引进家门时还一个劲儿地说着感谢上帝！还有一些男孩儿爱的居然是男孩儿。你认识莉莉·梅·杰金斯吗？"

弗兰奇想了想，说："好像认识。"

"要么认识，要么不认识，好像认识算怎么回事！莉莉·梅·杰金斯总是穿一件粉色绸上衣，说话做事带着娘娘腔，走路喜欢叉腰。他爱上了一个男人，叫琼尼·洁丝，听清楚了啊，我是说他爱上了个男人。莉莉·梅后来做了变性手术，把自己变成了女人。"

"真的？他真的变成了个女人？"

"是的，他彻底变了个样儿，成了女人。"

弗兰奇抬起手挠挠耳朵后面，说："我怎么竟然想不起这两人长什么样子，我一直以为自己认识好多人呢！"

"你不用非得去认识莉莉·梅·杰金斯，不认识他又怎么了，还不是照样活得好好的！"

"我不相信你说的这些。"弗兰奇说。

"我也没工夫为这事儿和你争！"贝莉尼斯说，"我们刚才要说什么来着？"

"那些怪事情。"

"噢，对。"

三个人继续闷头吃饭。弗兰奇把两只胳膊放在桌上，又把光着的脚板踩在椅子磴儿上。贝莉尼斯坐在她对面，约翰·亨利面朝窗户坐着。"蹦跳约翰"是弗兰奇最喜欢的食物。她和贝莉尼斯已经说好了，如果她死了，棺材还未钉死之前，他们一定要端来一盘上面既有大米也有绿豆的"蹦跳约翰"在她面前绕一圈，用这个办法确定她到底死了没有，因为只要她还有一口气，就一定会坐起来吃光它，换句话说，如果他们让她闻到了"蹦跳约翰"的香味儿，她还没有坐起来，那她才是真死了。贝莉尼斯和约翰·亨利也给他们自己选了用来测死的食物，贝莉尼斯选的是一盘煎鳟鱼，约翰·亨利选的是尊贵蛋糕。其实，不光是弗兰奇声称"蹦跳约翰"是自己的最爱，贝莉尼斯和约翰·亨利也喜欢这道饭菜，这顿饭三个人吃得很香：肘子肉，"蹦跳约翰"，玉米饼，热乎乎的烤土豆和黄油牛奶。几分钟后，三个人重新打开话匣子：

"这就是我要说的，"贝莉尼斯开腔道，"虽说我这辈子见过不少怪事儿，可有一件事我还从来没见过，也没听说过，真是这样！从来没有！"

说完了她摇摇头，等着弗兰奇和约翰·亨利问她，可弗兰奇偏不，她就不问，倒是约翰·亨利从一堆盘子里扬起小脸问："是什么事情？贝莉尼斯。"

"从来没有过！"贝莉尼斯说，"我这辈子还从来没有听说过有人会迷上婚礼，我见过不少奇怪的事情，就是没听说过有人会迷上婚礼。"

弗兰奇不满地嘟囔了一句。

"我一直在想这件事，我觉得我应该和你们说点什么。"

"他是怎么变的？"约翰·亨利问，"那个男孩是怎么变成女孩的？"

贝莉尼斯看了约翰·亨利一眼，抬起手帮他把脖子上的围嘴扯平："那是他们的事情！乖宝，我也不知道。"

"别听她的！"弗兰奇说。

"我仔细想过了。这样吧，你去找个男孩儿，和他交朋友。"

"什么？！"

"没听见吗？"贝莉尼斯说，"找个男孩儿做你男朋友，找个好点儿的男孩儿。"

弗兰奇放下手里的叉子，把头往旁边一扭，说："我不要男朋友！我要男朋友干什么？"

"干什么？！傻瓜！"贝莉尼斯说，"让他带你去看电影，不行吗？"

弗兰奇揪着脑门儿前的刘海，脚从椅子磴儿上"咚"的一声滑到地上。

"从现在起你得收收心，别再疯疯癫癫的没个样子，别吃那么多，胖得跟什么似的！"贝莉尼斯说，"少吃！人瘦了穿衣服才好看，说话嘴巴要甜，做事要长脑子。"

弗兰奇小声说："我才不疯疯癫癫，我现在吃得很少，我已经很注意了。"

"注意就好！"贝莉尼斯说，"注意了就去勾搭个男孩儿。"

弗兰奇想对贝莉尼斯说，她认识了一个士兵，还有那间酒店以及士兵晚上要和她约会的事儿，但她还是有点犹豫，只得含含糊糊地说："什么样的男孩儿？你的意思是像——"话没说完便闭上了嘴，没有再说下去，她感觉在自己离开前的最后一个下午，坐在厨房里，和人谈起那个士兵，听上去似乎有点不靠谱。

"那我真没什么可说的了，"贝莉尼斯说，"你自己看着办吧！"

"好像有个士兵说要带我去'闲适时光'跳舞。"弗兰奇说，眼睛却不看贝莉尼斯。

"谁说让你找个士兵跳舞什么的，我是说你去找个和你一般大的规规矩矩的男孩儿，那个叫巴尼的男孩儿怎么样？"

"巴尼·麦肯？"

"怎么，不行吗？那孩子不错，你先和他谈着，等到碰到合适的人再放手，我看他不错。"

"巴尼才恶心呢！"弗兰奇脑子里立刻浮现出那个汽车间，大门紧闭，里面漆黑一片，只从门缝里露出一丝细针似的亮光，还有一股呛人的土味儿。她用力摇摇头，想甩掉脑子里那天巴尼在她面前露出来的那个丑陋的东西——自打那天起她见到巴尼就恨得要死，她想给他一刀子，最好戳中他的眉心。弗兰奇恨恨地用手里的刀叉碾着盘子里的豌豆和米饭，说："你就是个疯子！是这个镇子上最疯的疯子！"

"疯子总说正常人是疯子。"贝莉尼斯说。

两个人又不说话了，各自吃着自己盘子里的饭。弗兰奇把玉米饼从中间切开，往里面抹上黄油，用刀背按碎盘子里的饭，喝几口牛奶。贝莉尼斯吃得很仔细，不时从肘子上切下块肉来，但她切肉的动作看上去很做作。约翰·亨利看看弗兰奇又看看贝莉尼斯，过了一会儿说：

"你有多少男朋友？"

"多少？"贝莉尼斯说，"小羊羔，你先数数我这辫子总共有多少根头发，你可是在和贝莉尼斯·赛迪·布朗说话。"

贝莉尼斯要是动起嘴皮子来，一般打不住，每次她开始就一个严肃的话题展开长篇大论时都是这样，一个词连着一个词，而且说着说着就要唱起来似的。夏天一到，他们仨坐在暗乎乎的厨房里，听贝莉尼斯发表长篇大论，这时候她的声音仿佛镀上了一层金色，虽然音量不高，但你可以感觉到她说话时声音像是有颜色，像是唱歌，而不是说话。弗兰奇常常不说话，只是听着，回味着耳朵里回旋着的悠长的说话声，心里不做任何评判。她坐在桌旁，一阵阵地觉着自己的生活尽碰上些奇怪的事：贝莉尼斯总觉得她自己是个大美人。还有，她正在说的这个话题，思路显然不对。她盯着坐在自己对面的贝莉尼斯：黑黑的脸膛上吊着一只蓝色的死气沉沉的眼睛，十一条小辫子紧紧地趴在头皮上，鼻子又扁又平，张嘴说话时鼻翼呼扇呼扇的，这张脸，形容什么都成，就是和好看两字不沾边。她觉得自己应该给贝莉尼斯提个醒，于是趁着对方停下来喘口气的工夫，说：

"我认为你不应该想其他男人，你应该只和 T.T. 一个人好，你已经是四十岁的人了，该稳定下来了。"

贝莉尼斯努努嘴巴，用那只好眼死死盯紧弗兰奇。"你这嘴皮子可真够狡猾的！"她说，"就你知道的多！凭什么我不能和别人一样自己过日子？只要我想我就可以。说到一个人过日子，我没觉得自己老，至少不像某些人说的那么老，我还可以干活儿，我离什么也不能干只能蜷缩在角落里的日子远着呢！"

"我可不是说你现在就蜷缩在角落里什么也不干。"弗兰奇说。

"我刚才听得很清楚！"贝莉尼斯说。

约翰·亨利看着她们，不说话，他嘴巴周围沾了一圈儿饭汤。一只大苍蝇围着他油光光的脸蛋飞来飞去，似乎想在他的脸蛋上找个地方落下歇歇脚。约翰·亨利不停地挥着手，赶它走。

"他们每个人都请你看电影去了吗？所有的男孩儿都请你了？"他问贝莉尼斯。

"有的时候是看表演，总之不是这个就是那个。"贝莉尼斯回答。

"你自己从来没掏过钱？"约翰·亨利又问。

"这就是我要说的。我和男人出去从不掏钱。如果我是和一群女的出去，我肯定得付自己那份账单。我不太愿意和一帮女人出门。"

"你们去费尔维尤那次是谁掏的车票钱？"弗兰奇问，她这么问是因为她知道去年春天，一个星期天，一个黑人飞行员邀请镇子上的黑人一起去费尔维尤坐了一趟飞机。

"让我想想，"贝莉尼斯说，"哈尼和克罗瑞娜两人自己掏的钱，我向哈尼借了一美元四十美分，凯普·克莱德自己付的钱。T.T. 除了付他自己的车钱，还付了我的车钱。"

"这么说 T.T. 请你去坐了趟飞机？"

"你没听明白吗？来回的车票钱，还有坐飞机的钱和吃饭的钱都是他付的，整个一路都是他掏的钱。这有什么？很正常呀！就应该他给我掏钱啊！你想想，我自己能掏得起这个钱吗？坐飞机，飞来飞去，我掏得起吗？就我这样一星期挣六美元的人？"

"我没想那么多，"弗兰奇语气软下来，"威廉姆斯怎么那么有钱？他从哪儿搞到的钱？"

"凭本事挣的呗！"贝莉尼斯说，"约翰·亨利，好好擦擦嘴巴！"

吃完后三个人仍旧坐在桌旁休息，这个夏天他们一直是这样，绕圈儿似的吃饭：每次吃饭都用去好长时间，好像这样才利于食物消化，吃完后歇会儿，歇完了接着吃。弗兰奇先把叉子和刀子在盘子上交叉着放好，然后问了贝莉尼斯一个她一直想问却没问的问题。

"你说，只有我们才管这样的饭叫'蹦跳约翰'吗？还是整个国家的人都叫这道饭'蹦跳约翰'？总之我觉得这个名字听上去怪怪的。"

"关于这道饭，我听过各种各样的名字。"贝莉尼斯说。

"都是些什么名字呢？"

"有人叫它豌豆拌饭，也有人叫豌豆罐子酒拌饭，还有就是'蹦跳约翰'，总之怎么叫都可以。"

"我的意思是，我不是说我们这个镇子的人怎么叫它。"弗兰奇说，"我的意思是其他地方的人是不是也这样叫这道饭，比如法国人是怎么给这道饭起名的？"

"拜托，这我可不知道。"

"Merci a la parlez。"弗兰奇说。

又是一阵沉默，三个人都不说话，弗兰奇把身子后仰，靠在椅子上，转过头看向窗外。阳光穿过空空荡荡的院子，镇子里安安静静，厨房里也很安静，空气里只有钟表的嘀嗒声。弗兰奇感觉世界静止了，没有一件东西是活动的。

"我碰到了一件事，"弗兰奇先说，"我也不知道怎么说，这可以说是我碰到过的最奇怪的事情，很难说得清楚。"

"什么事情呀，弗兰奇？"约翰·亨利问。

厨房里静悄悄的，弗兰奇把目光从窗户收回来，她正要说点什么，空气里突然响起一串叮叮咚咚的琴声，接着，还是刚才那串旋律，又重复了一遍，然后又是一串由低至高的叮咚声，斜斜地划过八月下午的空气。可是没等结束，那声音在某个琴键处卡了一下，紧接着，琴声继续响起，这次慢了很多，由低至高，缓缓地，让人想到古堡前的台阶；接着，声音在第八个音符上顿住了，然后弹琴人开始不停地重复弹相邻的第七音符，一遍又一遍，直到结束，就好像是声音卡在了第七个音符上，怎么也过不去似的。三个人你看看我，我看看你，意识到刚才那是邻居请的钢琴师给钢琴调音的声音。

"上帝！"贝莉尼斯说，"真让人受不了。"

"受不了。"约翰·亨利抖了一下身子说。

弗兰奇笔直地坐着，桌子上堆满了盘子和剩饭。厨房灰不溜秋的，怎么看怎么别扭。沉默片刻后调音师又开始弹另一个音符，然后在八个音度之间不停地重复着。音符每高一个音，弗兰奇的眼睛就转动一下，好像她是在厨房里找那个音符似的。等到调音师弹到最高的那个音符，她的眼睛也落到了天花板的一处拐角，然后，随着调音师把音符降下来，她的脑袋一点点跟着音符动着，视线也一点点降下来，最后落到地板上，正好划了一个对角线。最低的那个贝斯音一连响了六下。厨房角落里摆着一双卧室里穿的旧拖鞋和一个空啤酒瓶子，弗兰奇呆呆地看了一会儿，然后闭上眼睛，使劲晃了下身体，从桌旁站起来。

"这声音听上去让人难受得想死！"她说，"让人紧张得不知干啥好。"她又开始在厨房里走来走去。"有人和我说，在米勒奇维尔，警察惩罚犯人就把他们绑起来，强迫犯人们听调琴的声音。"话没说完她已经绕桌子转了三圈，"我想问你件事儿，比如说，你碰到一个非常奇怪的人，却不知道为什么自己会碰到这样一个人。"

"他哪些地方让你感到奇怪？"

弗兰奇不知道该怎么解释给贝莉尼斯听，只好说："这么说吧，你碰到一个人，你觉得他可能是个醉汉，可是又不敢肯定，如果他说想带你去参加派对或者带你去跳舞，你会怎么办？"

"说实话我也不知道。这要看你自己的感觉。我也许会跟他走，参加派对没什么不好，兴许在派对上我能碰到更适合自己的人！"贝莉尼斯突然眯缝着那只好眼，死死盯住弗兰奇，"你怎么想起问这些？"

房间里又安静下来。从洗手池那里传来滴滴答答的水声。正当弗兰奇想着自己要如何告诉贝莉尼斯这件事时，电话铃响了，她一跃而起，往客厅冲去，动作之快打翻了桌子上的空牛奶杯，但约翰·亨利抢在了她前头，因为他坐的地方离客厅最近。约翰·亨利跪在椅子上，话还没说，先把嘴咧得老大，弗兰奇听见他冲着话筒一个劲儿地说"hello"，于是抢过话筒一连说了几乎二十几遍"hello"，然后悻悻地挂上电话。

"真讨厌！"她回到厨房，嘴里嘟囔道，"每次快递卡车停在我们门口，快递员坐在车里，看我们的门牌号是几号，检查了半天却又拉着那些盒子去了别处，那和这差不多，好像有什么征兆似的。"她张开手指，摩挲了几下自己平平的脑瓜顶。"明早离家之前我要去算算命，我一早就想这样了。"

贝莉尼斯说："换个话题！你啥时候给我看你那条新裙子，让我看看你选了条什么样的裙子。"

弗兰奇去楼上自己的房间给贝莉尼斯拿裙子。她的房间很热，是整幢屋子里最热的，其他房间的热气最后都蹿到了这间屋子里，不仅如此，这间屋子还很难散热。到了下午，因为热，空气里总是闷闷的，弗兰奇一进屋就打开马达，接着打开壁橱的门，壁橱的挂钩上整整齐齐地挂着六件戏服，这是她的习惯，把戏服挂在壁橱里，至于日常穿的衣服，则随便放在隔板上或者踢进角落里。但是今天下午早些时候她换了过来，把戏服扔到隔板上，把婚礼上要穿的礼服挂在壁橱里的挂钩上，还有那双银色浅口鞋，她把它们放在礼服下方的地板上，还特意让鞋尖指向北面——冬山镇就位于北面。她也不知道为什么穿衣服时总是不由自主地踮着脚尖。

"闭上眼睛！"她大声说，"我下楼时不许偷看，我让你们睁开你们再睁开。"

弗兰奇觉得四面墙好像活了，看着自己，墙上的挂钩变成了一只只黑色的眼睛。钢琴声停了几分钟。贝莉尼斯低下头，像是在教堂里做祷告。约翰·亨利也低下脑袋，但不时鬼鬼祟祟地偷看几眼。弗兰奇走到楼梯最下面的那层台阶，把左手攥成拳头往腰上一挂。

"你真漂亮！"她听见约翰·亨利说。

贝莉尼斯抬起头，脸上挂着一副琢磨事情的表情，那只黑眼睛盯着弗兰奇，目光从她头上的银色发带看起，一路看下去，最后落在了那双银色的浅口鞋上。整个过程没说一个字。

"现在，告诉我你们怎么看。"弗兰奇说。

贝莉尼斯盯着弗兰奇身上的衣服——那件橘红色的缎面晚礼服不说话，只是一个劲儿地摇脑袋，一开始只是微微摇头，摆动的幅度不大，但是摇到后来似乎刹不住了，摇个没完没了，摆动幅度还越来越大，直到弗兰奇听到她脖子发出一声咔嚓声，才不再摇了。

"到底怎么了？"弗兰奇问。

"我记得你说要买一件粉色的礼服。"

"可是当我走进那家店的时候，我改变了主意。这件裙子怎么了？你不喜欢吗？贝莉尼斯。"

"不喜欢，不搭。"

"什么意思？怎么不搭？"

"不搭就是不搭。"

弗兰奇转过身去照镜子，她觉得自己这件裙子很漂亮。贝莉尼斯脸上明显带上了一副酸溜溜倔巴巴的表情，和那头上了年纪的长耳朵骡子脸上的表情一样。弗兰奇不能理解贝莉尼斯为什么是这副表情。

"可是我看不出这有什么不搭，"她反驳道，"怎么不搭啦？"

贝莉尼斯把两只胳膊抱在胸前，说："嗯，你自己都看不出来，我怎么能给你解释清楚呢。你先瞧瞧你的脑袋，先从脑袋看起。"

于是弗兰奇看着镜子里自己的脑袋。

"头发剃得那么短，像个犯人，可是你竟然给自己绑了根银色的发带，光这个就让我觉得不搭。"

"那我今天晚上洗头，然后再把头发卷一下。"弗兰奇说。

"再瞧你胳膊肘的地方，"贝莉尼斯继续评论道，"你身上穿的是女人才会穿的晚礼服，缎子面，橘红色，可是看看你胳膊肘后面的那块儿黑，这两样东西看着一点都不搭。"

弗兰奇一缩肩膀，抬手去遮胳膊肘上的那块黑。

贝莉尼斯又摇了下头，这一下虽然快，但幅度很大，摇完后她努着嘴用不容置疑的口吻说："你把这件裙子送回去！"

"不行！"弗兰奇说，"这件衣服我和他们讲了价，不可以退货的。"

贝莉尼斯有两句箴言——一句是人人皆知的"母猪的耳朵做不出丝绸荷包"，还有一句是"量体裁衣，物尽其用"。也许是后一句箴言让贝莉尼斯改了主意，抑或是她对弗兰奇身上的衣服重新有了想法。总之她歪着脑袋盯着弗兰奇看了几秒钟后说：

"过来，到这儿，我把腰那个地方给你改改，看这样行不行。"

"我觉得你是看别人穿好衣裳不习惯。"弗兰奇说。

"我是对八月份出现人形圣诞树不习惯。"

贝莉尼斯帮她解下腰带，扯扯这里，拉拉那里。弗兰奇像是一个衣帽架那样身子站得笔直，配合着贝莉尼斯。约翰·亨利从椅子上站起来，看着她们，脖子上挂的餐巾像是围脖。

"弗兰奇的衣服看上去像是圣诞树。"他说。

"两面派！犹大！"弗兰奇说，"你刚才还说漂亮，你这个两面派的犹大！"

一阵钢琴声传到厨房里，弗兰奇不知道那是从谁家传出来的，只觉得那琴声听上去十分执着。那家人显然住得离他们不远。调琴师先弹出一连串叮叮当当的音符，然后再回去，找到其中一个音符重复弹几下，然后猛劲儿地敲打着这同一个音符，然后再弹一下，敲一下。镇子上的调音师是施瓦兹保曼先生，那钢琴声足以让音乐家反胃，让听众恶心。

"他这么弹琴就是成心的，折磨人。"弗兰奇说。

贝莉尼斯不同意："辛辛那提市的人就是这么调音的！全世界都是这么调音的！人家不过是干自己的活儿而已！你去客厅把收音机打开，把他的声音压下去不就得了。"

弗兰奇摇摇头："不！我不想打开收音机，没有理由，就是不想打开收音机！因为它让我想起这个夏天太多的回忆！"

"现在，往后退一小步。"贝莉尼斯说。

贝莉尼斯把弗兰奇身上的裙子的腰身挽高，再用别针别好。弗兰奇从水池上方的镜子里看着自己，但她只能从镜子里看见自己胸以上的部分。她拉来一把椅子站上去，她现在可以看到腰那块儿，但是她还是不甘心，走到桌子跟前，清理干净一处桌角，想爬上去，站到桌子上看自己脚上那双银色的浅口鞋，但被贝莉尼斯拦住了。

"你不认为这裙子很漂亮吗？"弗兰奇说，"反正我是这么认为的。真的，贝莉尼斯，客观点说。"

贝莉尼斯突然发起火来，指责似的说："从来没见过像你这么不讲道理的人！你让我说实话，我就说了实话，可是你还是揪着不放，一遍一遍地问，我就一遍一遍地回答。我看你不是要听实话，你是想听好话，明知是错的东西非得要我说好，我要怎么做才能称你的心思？"

"别说了。"弗兰奇说，"我只不过是想在别人眼里显得好看些。"

"你看着还行！"贝莉尼斯说，"但要想让别人觉得你漂亮，你得走路做事都像那么回事儿才成！你穿这件衣服参加哪个婚礼都没问题，所以不是衣服的事，而是你本人的问题。上帝保佑，到了婚礼上我们走路说话一定得像那么回事儿才行。好了，我得赶紧给约翰·亨利找身干净衣裳，然后再想想我自己在婚礼上穿件什么衣服好。"

"查尔斯大叔死了，"约翰·亨利说，"所以我们要去参加婚礼。"

"是的，宝贝。"贝莉尼斯平静下来，脸上又出现那种做梦般的表情。弗兰奇想，贝莉尼斯肯定又想起了那些死去的人们，她心里一直装着他们，装着鲁迪·弗里曼和很久以前他们在一起的日子，他们在辛辛那提看雪的日子。

弗兰奇也在想自己认识的那几个死去的人，一共有七个。妈妈死于弗兰奇出生那天，所以她应该不算在那七个人当中。爸爸房间的五斗橱的抽屉里放着妈妈的一张照片：妈妈脸上有一种半是害羞半是抱歉的神情，照片被包在一块冰冷的手绢里，放在抽屉的右手边。然后是弗兰奇的奶奶，她死于弗兰奇九岁那年，弗兰奇至今还记得奶奶的模样。她们和那些小照片一样，待在她心里最深的地方。那一年死亡的还有一个士兵，他来自一个叫威廉姆·伯德的小镇，在这里驻扎后又被派去意大利，最后死在意大利，是被人杀死的，弗兰奇见过那士兵，叫得出他的名字。还有住在离弗兰奇家两个街区的希尔维夫人，她也死了，虽然没有被邀请，但弗兰奇亲眼见过希尔维夫人的葬礼，当时她站在人行道上，目睹了整个葬礼的过程。大人们个个表情严肃，围成一圈儿站在希尔维夫人家的门廊前，天空下着雨，门上挂着灰色的丝带。她还认识死去的朗·贝克，朗·贝克是黑人，死的时候很年轻，他死在了弗兰奇爸爸珠宝店后面的那条小巷里，也是被人杀死的。那是四月的一个下午，住在巷子里的人全都从后门跑出去看朗·贝克的尸体，他的喉咙被人割开了大口子，后来有人形容他喉咙上的口子像是幽灵的嘴巴，在太阳底下一动一动地，好像在说话，看上去好吓人。朗·贝克就这样死了，除此之外，还有在布朗鞋店工作的皮特·金先生（弗兰奇是通过一个很偶然的机会认识皮特·金先生的）、博迪·格瑞姆斯小姐，以及一个在电话公司工作、每天在电线杆上爬上爬下修理电线的工人，他们都死了。

"你经常想起鲁迪吗？"弗兰奇问。

"那还用说吗？！"贝莉尼斯说，"我老是想起我们在一起的时光，还有后来过的那段苦日子。是鲁迪让我意识到人不能一个人孤零零地生活，可谁能想到呢，后面找的男人一个比一个坏。只有和鲁迪在一起我才感到幸福。"她又强调了一句，"鲁迪也是，只有和我在一起他才觉得幸福。"

弗兰奇抖着两条腿，一边听一边想着鲁迪和辛辛那提市。把她听说过的那些死去的人都算上，鲁迪·弗里曼是心眼儿最好的一个人——虽然她从来没有见过他（他死的时候弗兰奇还没出生），可是她知道他的很多事情，特别是关于他和辛辛那提市的故事：那年冬天贝莉尼斯和鲁迪一起去了辛辛那提市，他们在那里看到了雪。这件事情贝莉尼斯已经说了不下一千遍，每次说起这件事的时候她都会放慢说话速度，声调也变了，像唱歌似的。弗兰奇一边听一边提出自己的问题，内容不外乎和辛辛那提市有关，比如说他们在辛辛那提吃什么，那里的街道多宽，后来贝莉尼斯又和她说起辛辛那提的鱼，桃金娘树大街上的房子，以及她和鲁迪在辛辛那提参观过的摄影展。至于鲁迪，弗兰奇只知道他是个靠砌砖为生的工人，每个月挣很多钱，他是贝莉尼斯所有丈夫中最爱她的一个。

"有时候我甚至想，要是从来没有认识鲁迪就好了。"贝莉尼斯说，"就因为我们在一起时他对我太好了，结果他死后我感到很孤独，每次晚上下班后，还没到家呢，我心里就已经觉得自己孤苦伶仃得不行了，为了甩掉这种感觉，我拼命找男人，可找到的男人没一个好东西！"

"我理解，"弗兰奇说，"但是 T.T. 威廉姆斯人还行。"

"我没说 T.T. 威廉姆斯不好，但我和他只是朋友关系。"

"你和 T.T. 威廉姆斯结婚不行吗？"弗兰奇问。

"T.T. 威廉姆人不错，也不像其他男人那样动不动就吼来吼去，如果我们结了婚，我就不用再在这里当厨娘了，我可以做饭馆收银的活儿，轻轻松松。而且我觉得 T.T. 威廉姆斯挺让人尊敬的，他这辈子路走得挺正。"

"那你啥时候和他结婚？"弗兰奇说，"他可是很喜欢你呢！"

贝莉尼斯说："我不会和他结婚的。"

"可是你刚刚还说……"

"我是说尊重，我敬着他，也关心他。"

"那不就得了……"

"我特别尊重他，他在我心里很重要。"贝莉尼斯眼睛里不动声色，鼻孔却张得老大，"可是他不能让我心动，让我颤抖。"

弗兰奇停了一会儿说："一想到婚礼我的心也会颤抖。"

"那还真是个麻烦事！"贝莉尼斯说。

"还有想到那些死去的人时，我的心也会颤抖。总共有七个人，现在又多了查尔斯大叔。"

弗兰奇用手捂着耳朵，闭上眼睛。人死了应该不是这种感觉，因为你还可以闻到饭菜的香味儿，感觉到炉子的热气，知道自己肚子里刚才咕噜响了一下，听得到自己的心跳声。如果你死了，你就什么都感觉不到，既听不到，也看不见：四周除了黑就是黑。

"死真可怕。"她站起来，穿着那条婚礼上要穿的裙子在厨房里绕起了圈子。

架子上放着一个皮球，她走过去，拿起皮球，对着客厅的门使劲一掷，球弹了回来，她用手接住。

"放下球！"贝莉尼斯说，"把衣服脱了，省得还没穿你就给它弄脏了！自己找点儿事情做！去把收音机打开。"

"我不想听收音机！"

她重新开始在厨房里晃，贝莉尼斯让她找个事情做，可是做什么呢？她穿着准备在婚礼上穿的衣服，脚套在那双银色浅口鞋里，手叉在腰上走来走去，十个脚趾头似乎挤肿了，一碰就疼，胖胖的像十个菜花头。

"但是我建议你以后一回到家里就开收音机！因为很可能有一天你会从收音机里听到我们的声音。"弗兰奇突然冒出一句。

"什么意思？"

"我的意思是有一天我们也许会被电台的人请过去说点什么。"

"说什么？！请告诉我你要在电台里说什么！"贝莉尼斯说。

"谁知道呢，"弗兰奇说，"也许发生了什么事情，我们看见了，去做证人，到那时候我们肯定得说点什么。"

"等等！"贝莉尼斯说，"我们能看见什么？谁又会邀请我们去电台呢？！"

约翰·亨利兴奋起来："你们在说什么？弗兰奇，谁要在收音机里说话？"

"你以为在收音机里说话，我说'我们'是指你、我还有约翰·亨利啊？真可笑！这是我这辈子见过的最可笑的事情！"

约翰·亨利爬上椅子，跪在上面，脖子伸得老长，额头上露出一道青筋。

"谁呀？你们在说什么呀？！"约翰·亨利嚷着。

"哈哈哈！"弗兰奇笑了，笑声很大，她跺着脚，在房间里走来走去，又把两只手攥成拳头，在空中挥舞着喊，"吼！吼！吼！"

约翰·亨利也学着弗兰奇的样子，一边嚷一边跺脚，贝莉尼斯站起来，抬起右胳膊，示意他们不要吵。突然，弗兰奇不喊了，窗外似乎有什么东西吸引了她的注意，约翰·亨利见状也赶紧跑到窗户跟前，踮起脚尖，手扒在窗沿上向外望去。贝莉尼斯也跟着两个人，扭头去看窗外有什么。钢琴声停止了。

"唉！"弗兰奇嘟囔了一声。

窗外，四个十四五岁的女孩正打弗兰奇家后院穿过。她们是俱乐部的会员。几个人排成一队慢条斯理地走着，领头的女孩儿叫海伦·弗兰彻，其他三个女孩儿跟在她后面。她们显然是刚从奥尼尔家的后院出来，中途穿过弗兰奇家的凉亭，夕阳给她们的身影镀上了一层金色，所有的女孩儿都穿着裙子，看上去干净清爽。当她们经过亭子前，被阳光投射在地上的身影，随着她们的步伐也在笨笨地向前移动着。很快，四个女孩儿就消失了。弗兰奇一动不动地站着。这个夏天以来她都在等着这些女孩儿来找自己，对她们说她可以加入俱乐部，成为她们当中的一员——可现在事情明摆着，她们不是来找她的，她们只是路过这里，本来她可以大声阻止她们从自己家院子经过，但是她没有，只是静静地看着她们穿过院子，眼睛里一点儿嫉妒的神色都没有。她想冲过去叫住她们，告诉她们婚礼的事情，可是没等她想好要怎么说，四个女孩儿已经不见了。院子里只剩下空荡荡的凉亭，夕阳照过来，晃人眼睛。

"这是怎么——"没等弗兰奇说点什么，贝莉尼斯先开口了，"这有什么看头！你们怎么什么都想看，这有什么好看的！"

当他们准备再一次吃晚饭时（已经吃过一次了），已经是五点多了，天色已近黄昏。过去这个时间，他们仨通常坐在厨房的桌子旁，一人手里抓一副红色的扑克牌，用打牌消磨时间，有时候打着打着，三个人就开始评判起上帝来。他们评判上帝的成就，顺便说一下如果自己成了上帝，会怎样创造一个更美好的世界。每到这时，俨然圣主的约翰·亨利说起话来调门儿拔得老高，声音无比欢乐。他说如果他是上帝，就让这个世界上到处是美食和怪人，不过他说出来的话一点也没眼界：不过是些什么突然长出来的手臂，长到可以从他们这个镇子延伸到加利福尼亚，要不就是巧克力地面和柠檬雨，或者多长出来的一只可以看到一千公里外的眼睛，一根可以随时卷起来的当人感到累的时候可以坐在上面休息的尾巴，以及用水果糖雕刻出来的花儿。

换了贝莉尼斯扮演上帝时，她口里的世界和约翰·亨利的世界很不一样。首先，世界是圆的，其次，它很公平，也很合理。所有的人都是浅棕色的皮肤，眼睛一律是蓝色的，头发一律是黑色的。这么一来世界上也就不存在不同肤色的人，所有人的皮肤颜色都一模一样。在那样的世界里，没有黑人，也没有总是欺负黑人，让黑人一辈子都在煎熬中生活的白人。是的，没有一个黑人，所有的男人女人和孩子都属于同一个可爱的地球大家庭。当贝莉尼斯说起这个首要原则时，她的声音变得低沉，她开始唱歌，歌声在房间里回荡，很久才停下来。

没有战争，贝莉尼斯说，在欧洲，树上没有挂着已经僵硬的尸体，犹太人也没有被屠杀。因为没有战争，所以见不到身穿军服离开家乡奔赴战场的年轻人。因为没有战争，也就没有野蛮残忍的德国人和日本人。因为没有战争，处处可见太平景象。而且，她创造出的这个世界没有饥饿，因为"贝莉尼斯"创造世界之初就给人类提供了自由的空气，自由的雨水和自由的土地，所有这一切都是为全世界人民服务的。免费食物让每一张嘴都不用忍受饥饿，每个人都能吃到免费的午餐，一个星期能领两磅里脊肉，全部免费。每个人身体都棒棒的，不用发愁自己是否能挣到想吃的东西和想用的东西。她的世界里见不到被杀死的犹太人和被殴打的黑人，也没有战争和饥饿，特别是，鲁迪·弗里曼还活着。

贝莉尼斯的世界是圆的，过去弗兰奇喜欢听贝莉尼斯低沉的歌声，所以她从不质疑贝莉尼斯描述的世界。但她还是认为自己创造出来的世界是他们三个当中最好的那个。她觉得贝莉尼斯对世界的想法还算不错，但是缺少点东西，比如说，可以让每个人拥有一架飞机和一辆摩托车，一间里面挂满各种证书和奖章的世界级俱乐部和一个更好的重力定律。还有，她不是很同意贝莉尼斯的世界里对战争的看法，如果按照她的想法，应该建一个战争之岛，让那些喜欢打仗的人可以随时去岛上打仗或者献血，她自己也会作为空军部队的 WAC^① 去岛上住一阵子。她还给季节变化做了点调整，那就是，不要夏天，多余出来的天变成下雪天。另外，她还精心策划了人们可以自由变成男孩或女孩这一原则，前提只要他/她们喜欢就行。贝莉尼斯对这个原则持保留意见，她说改性别这事儿不能乱来，是什么就是什么。每到这时，约翰·亨利也会哼哼唧唧地插几句嘴，说些没什么价值的话，他说应该一半一半，半边是男人，半边是女人，等到弗兰奇警告他，说如果他再这样说的话，就把他带到集上去，卖给那些展览怪人的地方，约翰·亨利马上变得乖乖的，只顾闭上眼睛傻笑。

通常她们就是这样坐在厨房桌子旁边批评造物主和他创造出来的世界的。有时候说着说着就吵了起来，场面乱成一团，人人

---

① 一九四二年第二次世界大战期间，美国空军第一次出现妇女的身影，她们是妇女军团 WAC（Women's Army Corp）的成员。

抢话说，什么圣主约翰·亨利，圣主贝莉尼斯·赛迪·布朗，圣主弗兰奇·雅德姆斯，漫长郁闷的下午就是这样被他们吵吵嚷嚷地打发掉的。

但是今天和往常不一样。他们没有吹牛，也没有打牌，三个人只顾闷头吃饭。弗兰奇已经脱了礼服，身上只穿了件衬裙，没穿鞋，光着脚。浇在豌豆上的褐色肉汁已经干了，盘子里的食物既不烫嘴也不冷，黄油融化了。他们不时调换一下盘子的位置，好让自己每个菜都能吃得着，这已经是第二圈了。这个下午他们也没有聊往常常聊的话题，而是说起了别的，虽然这有点奇怪。

"弗兰奇！"贝莉尼斯说，"本来你是想说其他事来着，结果说到别的事上了，我猜你是想说一件不寻常的事情。"

"是的，"弗兰奇说，"我是想告诉你们今天发生在我身上的一件事情来着，可是我不知道该怎么和你们说。"

弗兰奇把手上的土豆一切两半，然后贴紧椅背坐直身体，说起自己在回家的路上看到的事情来，她说她是突然从眼角瞥见的，当时便觉得有点不对劲。她转过身，看见两个黑人男孩儿躲在小巷里。说到这里，她打住了，伸出手，揪了揪下嘴唇，她在想用个什么词说比较合适。她看了一眼贝莉尼斯，看她是否在听，贝莉尼斯脸上的表情很耐人寻味：那只蓝色的眼睛亮亮的，好像很诧异，她这副样子弗兰奇并不感到奇怪，让弗兰奇感到奇怪的是贝莉尼斯那只好眼，里面闪过一丝诧异，接着，贝莉尼斯脸上堆起一层秘而不宣的神色，头还轻轻地左右摇几下，好像在用耳朵从不同角度捕捉弗兰奇的声音，以便听得更真切些来确定弗兰奇说的话是否是真的。

弗兰奇刚起了个头，贝莉尼斯马上推开她面前的餐盘，手伸到前胸口袋里摸出一根香烟。贝莉尼斯的烟都是她自己卷的，卷好后放进切斯菲尔德牌的烟盒里，外人一看还以为她吸的是切斯菲尔德香烟。贝莉尼斯拧了一下一端有些松软的烟头儿，点烟的时候身体微微往后仰，好像是怕火燎了她的鼻子。很快，蓝色的烟雾弥漫在三人周围。贝莉尼斯一般用大拇指和食指捏烟，那是因为她有风湿性关节炎，小拇指和无名指被这病拖累，僵硬且弯曲。她一边抽烟一边听弗兰奇说话。等到她说完，贝莉尼斯猛地往前一坐，直不楞腾地来了一句：

"听着，你能穿透我的脑门儿看到我是怎么想的吗？你，弗兰奇，是不是一直想知道我心里是咋想的？"

弗兰奇有点语塞。

"这种事情是我这辈子听过的最奇怪的事情。"贝莉尼斯说。接着又加了一句："我没办法不生气！"

"我的意思是——"弗兰奇接过话茬儿。

"我知道你什么意思！"贝莉尼斯说，"你用眼角的余光看到那两个人。"她用手指着自己那只好眼的外眼角，那眼角看着有点红，"无意当中看到了一些事情，这让你吃惊，浑身冰冷，直打哆嗦，等到转过身去，发现自己面对的是一个连上帝都看不明白的人，不是鲁迪也不是你想要的人，你立马感觉自己像掉进了井里似的。"

"是的，"弗兰奇说，"就是那样的感觉。"

"怎么从你嘴里说出这种事儿就让人觉得挺神奇。其实我这辈子没少见到类似的事情，可听别人这样描述还是第一次。"

听到贝莉尼斯说自己神奇，弗兰奇不由得意起来，她赶紧抬手去捂鼻子和嘴巴，生怕给贝莉尼斯瞧出来自己脸上的表情。

"是的，爱上了就这样，"贝莉尼斯说，"改不了，这种事情谁都知道，但谁都不说。"

这就是那次内容奇怪的谈话的开始，地点是厨房，时间差一刻钟六点，这将是弗兰奇在厨房度过的最后一个下午。这也是他们第一次聊起爱情，这样的谈话如果把弗兰奇带上，把她当作一个可以理解爱情且能说出个一二三的人来对待，也是第一次。过去的弗兰奇，是个对爱情不屑一顾一笑置之的人，在她看来，爱情是一个巨大的谎言，而她绝对不会相信这样的谎言，所以她的剧本里从来没有出现过爱情，她本人去看马戏表演时也不去"Love show①"那种地方。她常去的地方是白天开放的剧院，每到星期六会放些烂片、战争片和牛仔片。去年五月，也是星期六，剧院里放一部叫《茶花女》的电影，放映过程中出现了骚乱，而且是弗兰奇带头引起的骚乱。当时她坐在第二排的座位上，看到一半时，她把手伸进嘴里打起了呼哨，跟着，坐在前三排另外一侧观众席上的那些人也打起了呼哨，场面一度失控，最后经理拿着手电筒过来，把他们从座位上一个个揪起来，先是把他们赶到走廊上，然后再从走廊上一直赶到剧场外的人行道上。

"告诉你们一件事情，"贝莉尼斯说，"这对你俩来说也是个提醒，听好了，约翰·亨利，还有你，弗兰奇，你们好好听着。"

"我在听。"约翰·亨利小声地说，同时抬起他的食指——那

---

① Love show，一种色情表演。

根指头看上去是那么细——指着弗兰奇说，"弗兰奇抽烟！"

贝莉尼斯猛地一抬肩膀，端正好身体后把两只手在桌子上交叉放好，然后把下巴微微往上一仰，嘴里深吸一口气，像是在复习歌唱家准备开口唱歌的一套动作。厨房里还在回响着钢琴的调音声，但是当贝莉尼斯一张嘴，那深沉响亮的声音立刻让弗兰奇和约翰·亨利忘了叮叮咚咚的琴声。说是为了提醒他俩，但其实就是讲她的那个讲了很多遍的故事，那个关于她和鲁迪·弗里曼的故事，那已经是很久以前的事了。

"我那时候过得很开心。那些日子，没有哪个女人能像我那么开心。没有一个人！听着，约翰·亨利，就是那些王后、百万富翁和第一夫人，也没有我幸福！不光是黑人，世界上所有的人，各种肤色的人都加上，也找不出一个像我那么幸福的！你也听好了，弗兰奇，世界上所有的女人都算上，都找不到一个比我还幸福的人来！"

贝莉尼斯开始了她的讲述，她和鲁迪的事情。那还是二十年前，十月末的一个下午，她和鲁迪第一次相遇，地点是在镇子边缘的坎贝尔村。那时候树叶刚刚泛黄，大地披着一层缥缈的青烟，秋色斑驳灿烂，灰色和金色交织在一起。后来他们同居了，搬到位于拜罗大街拐角的一间屋子里，那间屋子的窗户是玻璃的，门前的台阶是砖砌成的。圣诞节鲁迪送给她一件狐狸皮的披风，到了六月，他们用一顿烤鱼大餐招待应邀而来的二十八位亲戚和客人。那些日子里，贝莉尼斯做饭缝衣，两个人恩恩爱爱比翼双飞，后来他们去了北边的辛辛那提市，在那里住了九个月的时间，看了雪。然后两个人又去了苏格维尔，日子一天天过去，转眼好几年过去了。他们生活得很幸福。

贝莉尼斯一股脑儿地说着，不停地强调当时的她比王后还幸福之类的话。弗兰奇觉得，如果黑人可以当王后，王后也可以扮厨娘的话，那贝莉尼斯说话的口气的确挺像个王后，只是外人看她有点奇怪。她说得很慢，像一个黑人王后正在徐徐展开一幅金丝布帛，等到她说完，脸上的表情如出一辙：那只好眼直瞪瞪地看着前方，鼻孔张得很开，鼻翼翕动，嘴巴紧闭，要多难过有多难过，这都好像成了她的一种习惯。以往每次贝莉尼斯讲完故事，三个人都不吭声，都不说话，然后突然起来各忙各的，比如说洗洗牌，或者自己给自己做一杯奶昔，要不就是在厨房里瞎转悠。但是这个下午，贝莉尼斯讲完故事后，三个人虽然都不说话，但也没有站起来各忙各的，后来弗兰奇开口问道："鲁迪是怎么死的？"

"类似肺炎的一种病。"贝莉尼斯说，"他死于一九三一年十一月。"

"我就是那年出生的，也是十一月。"弗兰奇说。

"那年十一月是我这辈子过过的最冷的日子。每天早晨起来，外面到处挂满了霜，地上的水坑结着冰。太阳灰黄灰黄的，只有深冬才能见到那种颜色的太阳。人说句话声音传得很远，我还记得太阳快落山时老是有只土狗冲着太阳的方向叫来叫去。我点着壁炉，让里面的火从早到晚地燃着。到了晚上，在房间里走动时总是能在墙上看到自己的影子晃来晃去，总之看着什么都觉得不是好兆头。"

"我也觉得这是一种征兆，我出生的年和月份和鲁迪死亡的年和月份是一样的，"弗兰奇说，"只是日子不同而已。"

"他死的那天是星期四，下午快六点钟的时候，就是现在这个时间，不过那时是十一月，我们住在王子街233号，我还记得当时我穿过走廊打开家门看到的情景，天很黑，那只老狗不停地叫。我走进房间，来到鲁迪躺着的床边，用胳膊搂着他，把我的脸贴紧他的脸，向圣主祷告，求圣主把我身上的力量带给鲁迪，求他别带走鲁迪，任何人都可以，就是别带走鲁迪。就这样我陪着鲁迪，一直祷告到深夜。"

"为什么？"约翰·亨利说，他的这个问题没有任何意义，但他还是一个劲儿地重复说着"为什么，贝莉尼斯"，声音又尖又细，抽抽噎噎地像要哭。

"就在那天晚上，鲁迪死了。"贝莉尼斯的嗓子突然变尖了，好像在和人吵架，"他死了，我是说鲁迪死了，鲁迪·弗里曼死了，鲁迪·迈什维尔·弗里曼他死了。"

说完这几句话后贝莉尼斯便不再说话，三个人安静地坐在桌旁，谁也不起来，约翰·亨利瞪眼瞅着贝莉尼斯，一只一直在他眼睛上方盘旋的苍蝇终于落在他左边的眼镜框上，又慢条斯理地爬到他右边的眼镜框上，等苍蝇飞走了，约翰·亨利才眨眨眼睛，抬起手挥舞了一下。

弗兰奇说："我还想说，查尔斯大叔死了，我亲眼看见他躺在那儿，可是却哭不出来，我也知道我应该难过。可是为什么鲁迪的死让我感到更难过，可以说比查尔斯大叔的死难过很多倍，问题是我从来没见过鲁迪本人，而查尔斯大叔我倒是从小就认识，可是为什么我会对鲁迪的死这么难过？是不是因为他死了没多久我就出生了的缘故？"

"也许吧！"贝莉尼斯说。

弗兰奇觉得他们三个人可以这样坐一个下午，哪儿也不去，也不说话，就这么坐着，可是不知怎的，她又突然冒出一句：

"你一开始不是要讲鲁迪的故事，而是另外一个故事，警告什么的。"

贝莉尼斯脸上显出迷惑不解的神情，停顿一会儿后一扬脑袋说："噢，是的，我正准备告诉你们呢，这种事情是怎么在我身上应验的，现在，竖起你们的耳朵，好好听我说。"

贝莉尼斯的故事总是和她那四个丈夫有关，而且都是些说了好多遍的事情，新故事不多。弗兰奇走到冰箱前面，从里面拿出一袋浓缩甜牛奶，倒在桌子的饼干上，当点心吃了起来。一开始她并没有听得很专心。

"那是鲁迪死后的第二年四月，一个星期天，我去了叉瀑教堂。你问我去叉瀑教堂干什么？我是去看我的表哥，他住在叉瀑，于是我们就去了他经常去的一个教堂。当时我在祈祷，周围都是些不认识的人。我低着脑袋，脑门下面是一张凳子，当时我眼睛睁着，也没有低着脑袋到处乱瞅，就是睁着。突然就打了个哆嗦，因为我似乎从眼角瞧见了什么，我慢慢看向左边，你们猜我看到了什么？就在凳子上，离我也就六英尺远的地方，躺着一根'拇指'。"

"什么拇指？"弗兰奇忙问。

"这么说吧，"贝莉尼斯说，"想明白我说这话的意思，你得先知道鲁迪·弗里曼有个很小很小的缺陷，他哪里都长得好看，谁都羡慕他那长相，只是他的右大拇指，因为给绞索砸过，所以有点塌，不太好看。明白吗？"

"你是说你祷告的时候突然看见了鲁迪的拇指？"

"我的意思是说，我看见了一根和鲁迪的拇指长得一模一样的拇指。当时我跪在那儿，从头到脚都在发抖，来不及分辨那究竟是不是鲁迪的大拇指，我已经开始祷告起来：主啊，您显显灵吧！主啊，您显显灵吧！"

"鲁迪显灵了吗？"弗兰奇问，"他现身了？"

贝莉尼斯转过身，往地上吐了口唾沫说："现个脚丫子！你知道那是谁的大拇指？"

"谁的？"

"吉米·贝尔的呗！怎么就是吉米·贝尔那老东西的大拇指呢？！那可是我第一次拿正眼瞧他！就因为那根指头！"

"这就是你和吉米·贝尔结婚的原因？！"弗兰奇见过吉米·贝尔，一个可怜兮兮的酒鬼，年纪很大，他是贝莉尼斯的第二任丈夫，"就因为他的大拇指是塌的？和鲁迪的一样？！"

"天知道！"贝莉尼斯说，"反正我是不知道自己为什么和这样的人走到了一起！一开始确实是因为那根拇指而被他吸引的。然后一件事接着一件事，等我清醒过来时，人已经嫁给了他。"

"噢，这听上去太愚蠢了！"弗兰奇说，"因为一根拇指和人结婚。"

"可不就是！"贝莉尼斯说，"这件事我不想为自己辩解，我只是想说这就是原因，同样的事情也发生在亨利·杰森身上。"

亨利·杰森是贝莉尼斯的第三任丈夫，那家伙就是个疯子。

婚后三周看着还正常，过了三周就不是人了，他的行为如此疯狂，以至于贝莉尼斯不得不把他轰了出去。

"你坐在那儿，告诉我说亨利·杰森也有那样一根拇指？"

"那倒不是，"贝莉尼斯说，"这次不是拇指，是大衣。"

弗兰奇和约翰·亨利对看了一眼，贝莉尼斯的话听上去似乎不太对头，但是从贝莉尼斯那只好眼里流露出说一不二的神情，特别是她很肯定地冲着弗兰奇和约翰·亨利点了点头。

"要想明白这一点，你们得知道鲁迪死后发生了什么。鲁迪买过一份保险，人死后保险公司赔了二百五十美元，其他我就不细说了，我想说的是，这些钱被那些卖保险的骗去了五十美元，结果鲁迪死后的两天，为了办完他的葬礼，我不得不四处找钱。为了不让鲁迪的葬礼看上去太寒酸，我几乎当掉了家里所有值钱的东西，包括鲁迪的大衣和我的大衣，我把它们当给了前卫大街上卖二手衣服的商店。"

"这下清楚了！"弗兰奇说，"你的意思是亨利·杰森买了鲁迪的大衣，因为这个你嫁给了他。"

"也不完全是。"贝莉尼斯说，"有一天晚上我沿着市政大厅旁边的那条大街往前走，突然看见前面走着一个人，从后面看去那人和鲁迪太像了！从肩膀到后脑勺，哪哪都像！当时我就愣住了，后来我追上那个人，他就是亨利·杰森，那是我第一次见到他。他当时住在乡下，很少来城里，可是不知怎么就给他买走了鲁迪的大衣，他和鲁迪的身材很像。从后面看就像鲁迪的鬼魂出现了，要不就是鲁迪的孪生兄弟。总之我也不知道怎么最后和他结了婚，可这个人连鲁迪一星半点儿的理智都没有。事情就是这样，一个年轻男人一天到晚围着你转，最终你会喜欢上他。甭管怎么说吧，这就是我和亨利·杰森结婚的原因。"

"谁都会做奇怪的事情。"

"你告诉我。"贝莉尼斯看着弗兰奇说。弗兰奇正在往苏打饼干上倒浓缩牛奶，流动的牛奶像是缎带。这就是她给自己做的晚饭——甜三明治。

"弗兰奇！我敢肯定你肚子里有蛔虫，我发誓，我可认认真真地告诉你，这下你父亲检查那些账单时又要怀疑我往自家拿什么东西了。"

"你本来也往自己家拿东西呀！"弗兰奇说，"有时候你就是这么做的！"

"你爸爸可喜欢查账单啦，一边查一边和我抱怨，贝莉尼斯，我们一个星期怎么能吃掉六罐炼奶，四十七盒鸡蛋，八盒蜜饯？我就和他说，是弗兰奇吃的。你瞧你把我逼的，逼得我没办法就和你爸爸说，雅德姆斯先生，你以为你家厨房里吃饭的是人吗？那是你自认为的罢了。我不得不和他说，你以为那是个人嘛！"

"过了今天我就少吃！"弗兰奇说，"我不明白你刚才那番话的意思。怎么说着说着吉米·贝尔和亨利·杰森呢，就突然扯到我身上来了？"

"我的这些话对任何人都是个提醒。"

"提醒什么？"

"提醒什么？！难道你还不明白吗？"贝莉尼斯反问弗兰奇，"我爱鲁迪，他是我爱上的第一个男人，我想从一而终，所以碰到和鲁迪有一点像的人我都想和他结婚。只不过我运气不好，碰到的都不是好东西！但是我的本意是想让鲁迪和我的故事延续下去。现在你明白了吧。"

弗兰奇没有点头，更没有说什么。因为她知道贝莉尼斯早就挖好了坑等着她跳，尽是些她不愿听的话。贝莉尼斯闭嘴后重新给自己点上一根香烟，两股蓝色的青烟从她那两只宽大的鼻孔里缓缓流出来，烟雾在他们刚吃过饭的盘子上盘旋。施瓦兹保曼先生正在速度很快地弹一段和弦。弗兰奇等着琴声停止，她等了好久。

"你，还有冬山镇的婚礼，"贝莉尼斯说，"这就是我要提醒你的。我从你那双灰眼睛里看得再清楚不过，我早就知道，你那双眼睛就是两块玻璃，里面都是些让你伤心难过的傻主意。"

"灰眼睛像玻璃。"约翰·亨利小声说。

自己可不是个轻易能让人看穿随便让人说几句就招架不住的人，弗兰奇瞪起眼睛，紧紧盯住贝莉尼斯。

"你想什么瞒不住我。别以为我不知道，你巴望明天的婚礼上你能夹在你哥哥和新娘的中间，和他们一起走过那条过道儿，你觉得你能破坏掉这场婚礼。至于你的其他想法，我看只有上帝清楚！"

"没有！"弗兰奇说，"我没有指望我能夹在他们俩中间走过那条过道儿。"

"我是从你那两只眼睛里瞧出来的，"贝莉尼斯说，"别犟了。"

"灰眼睛是玻璃。"约翰·亨利小声说。

"我警告你，"贝莉尼斯说，"如果你爱上不能爱的人你就完

133

了。如果你再为这事儿把自己搞得疯疯癫癫，那就更完蛋了。你打算成为什么样的人？难道你以后就过这样的日子，成天跑到别人的婚礼上捣乱？那你怎么能把日子过好？"

"听你这样没脑子的人说话真是讨厌！"弗兰奇一边说，一边抬手捂住耳朵，她没有捂得很紧，还是能听见贝莉尼斯说什么。

"我看你是给自己刨了个坑儿，然后让自己掉进去！"贝莉尼斯开始絮叨，"你要知道，你已经上完七年级 B 班的课程，是十二岁的大孩子了。"

和贝莉尼斯这样的人有什么好争的，于是她直接说道："他们俩会带我走的，不信你等着瞧！"

"如果他们不带你呢？"

"我说过了！"弗兰奇说，"我用爸爸的手枪自杀！他们会带我走的！而且我们再也不回咱们这个地方了。"

"行了，我一直在和你讲道理，可你就是不听！"贝莉尼斯说，"有你难受的那天！"

"谁说我会难受？！"弗兰奇说。

"我了解你，"贝莉尼斯说，"有你难受的时候！"

"你是嫉妒！"弗兰奇说，"你就是不想看我高兴，你就是想把我要离开镇子的这点高兴劲儿抢走。"

"我是想提醒你！不过现在看一点用都没有。"贝莉尼斯说。

约翰·亨利说："灰眼睛是玻璃。"

时间已经是六点多，让人感觉沉闷的下午正在一点一点地过去。弗兰奇把手从耳朵上拿下来，长叹一口气。约翰·亨利也跟在后面叹了口气，接着是贝莉尼斯，她这口气更长，好像做总结似的。施瓦兹保曼先生开始弹一小段华尔兹，他弹得断断续续，琴键还没有完全调回来，他不得不重新开始弹奏，反反复复，起劲儿地弹着某一个音。他似乎又碰到了问题，弗兰奇实在听不下去了，放弃了眼睛跟着琴声转动的动作。但是约翰·亨利没有放弃，每当琴声在最后一个音符上反复奏响，约翰·亨利身体绷得笔直，睁大眼睛等着。

"你们听最后那个音符，"弗兰奇说，"你们说奇不奇怪，如果你从 A 调开始，一直弹到 G 调，你会觉得 A 调和 G 调听上去特别不一样，简直就是天壤之别。虽然任何两个音符听上去都不一样，但是 A 调和 G 调的不一样，要比别的音符之间的不一样多两倍之多。但是在钢琴键盘上 A 和 G 却紧紧挨在一起，哆（Do），啦（Ray），咪（Mee），发（Fa），唆（Sol），来（La），西（Tee），西（Tee），西（Tee）。他要是一直这么弹下去能让人发疯！"

约翰·亨利鬼鬼祟祟地笑了，露出一嘴歪歪扭扭的牙齿，小声说："Tee-Tee①。"又拉拉贝莉尼斯的衣袖说："你听见了吗，弗兰奇说 Tee-Tee。"

"你走开！"弗兰奇说，"别动不动就往歪处想！"她从桌旁站起来，可是又不知道自己想去哪儿。"你还没说威利斯·罗德。他是不是也有一根被砸坏的大拇指或者衣服什么的？"

"上帝！"

弗兰奇被贝莉尼斯这突然的一嗓子吓了一跳，她转过身，重

---

① Tee-Tee，奶头的意思。

新走到桌边。

"你听了这个故事头发能竖起来，难道我从来没有和你们说过我和威利斯·罗德的事？"贝莉尼斯说。

"没说过。"弗兰奇说。威利斯·罗德是贝莉尼斯四个丈夫中最后一个，也是心眼儿最坏的一个，坏到贝莉尼斯不得不叫警察来抓他。"快说吧！"

"好，你先想象一下，"贝莉尼斯说，"那是一月份，一个非常寒冷的晚上，我一个人躺在房间的大床上，整幢屋子就我一个人，因为是星期六，其他人都去了叉瀑。我这辈子最恨一个人空落落地睡一张破床，怎么躺怎么不舒服。那天晚上冷得要命，到了晚上两点的时候……约翰·亨利，你还记得冬天我们是怎么过的吗？"

约翰·亨利用力点点头。

"好好回想一下！"贝莉尼斯一边说，一边收拾桌上的盘子，她把三个盘子摞成一摞儿，那只好眼绕着桌子扫视了一圈儿，最后落在她的听众——弗兰奇和约翰·亨利的身上。弗兰奇上半身往前伸着，嘴巴半张，手紧紧抓着桌子边儿。约翰·亨利缩在椅子上，眼镜后面的一双眼睛一动不动地盯着贝莉尼斯。贝莉尼斯把声音压得特别低，让人听了毛骨悚然的，她看着弗兰奇和约翰·亨利不说话。

"到底怎么了？"弗兰奇的身子靠桌子更近了，"到底发生了什么事情？"

贝莉尼斯还是不开口。她看看弗兰奇又看看约翰·亨利，缓缓摇了下脑袋。等到她再一次开口说话的时候，声音完全变了：

"你们瞧那边！"弗兰奇赶紧看了一眼身后，她身后只有炉子、墙和空荡荡的楼梯。

"瞧什么？你怎么了？"她问贝莉尼斯。

"你再瞧一眼！"贝莉尼斯又重复了一遍，"瞧那两个水罐儿，有没有四只眼睛？"说完她猛地站起身。"过来，来和我一起洗碗。然后我们做纸杯蛋糕，明天路上吃。"

弗兰奇愣怔住了，她觉得应该说点什么，好让贝莉尼斯知道此时此刻她是怎么想的，可是又不知怎么开口。不大一会儿桌子上被贝莉尼斯收拾得干干净净，一直等到贝莉尼斯站在洗碗池边开始洗碗了，弗兰奇才说出一句：

"我最讨厌的就是，说是要讲故事，可刚把别人的兴趣挑起来，又不说话了。"

"你说得对！"贝莉尼斯说，"我说对不起可以吧？那是因为我突然意识到这些事情不可以让你和约翰·亨利知道，不行吗？"

这会儿工夫约翰·亨利已经离开了桌子，他把两只脚在地上蹭来蹭去，嘴里唱着："纸杯蛋糕！纸杯蛋糕！纸杯蛋糕！"

"你可以让约翰·亨利出去啊！只告诉我一个人。"她对贝莉尼斯说，"不过，别以为我很想听你那些故事，我才不想听呢！我只是想听你亲口说威利斯·罗德是如何闯进你家，照你脖子上来一下的。"

"你这么说只能说明心眼儿太坏！"贝莉尼斯说，"白白枉费我一片好心。我想给你个惊喜！现在，去后阳台！找到那个柳条筐子，好好翻翻，就是那个上面盖了张报纸的筐子。"

弗兰奇站起来，嘴里嘟囔着，去了后阳台。过了一会儿，她手里拿了一条粉色的纱裙站在厨房——贝莉尼斯说不给她熨，但是她手里的衣服的领子已经被熨出了一个个细细的褶子，和刚买来时一模一样——一定是贝莉尼斯趁弗兰奇在楼上玩的时候给她熨好的。

"你真好！"弗兰奇对贝莉尼斯说，"谢谢你。"

为了让自己的表情有两层意思，她努力用一只眼睛责备似的看着贝莉尼斯，另一只眼睛则表示出感激的意思。可是人脸很难做到这样，所以这两种表情眨眼间消失得无影无踪。

"打起精神来，宝贝！"贝莉尼斯说，"谁知道将来会发生什么事。你穿上这条漂亮裙子，没准儿明天就能在冬山镇碰到一个漂亮男孩儿。只有出去见世面才能碰上帅哥！"

"我不是这个意思。"弗兰奇急忙为自己辩解。过了一会儿，她把身子倚在门框上，说："不管怎么说，像我们这样的谈话是不对的。"

黄昏的天空是白色的，而且一时半会儿黑不了，就那么亮着，其实它一开始看上去是青色的（和其他季节不一样的青色），渐渐变成白色，再变成黑色，每种变化都是一点一点地发生，凉亭和树的影子就是这样变黑的。弗兰奇想，如果要给八月的一天分个时间段，那应该是：早晨，上午，下午，黄昏，黑夜。黄昏时风也是软绵绵的，没精打采，麻雀倒是很精神，在房檐上飞来飞去，天黑的时候，从街边的榆树叶子里传来蝉的叫声。关纱门的声音、小孩子的说话声和割草机的呜呜声在空中回响，所有的声音都拖得很长，一会儿出现一会儿消失，没有个利索劲儿。弗兰奇从外面拿进来晚报，三个人坐在桌旁，默默地看着厨房黯淡下来，夜先从角落里升起，逐渐蔓延到墙上，直到把墙上的画全部遮住。

"我们国家的军队已经打到了巴黎。"

"那不挺好！"

接着便是沉默，三个人谁都不说话，终于，弗兰奇忍不住了："我有很多事要做，我要走了。"

可是她走到门口便停住了——她舍不得离开。这是最后一个晚上了，像这样待在厨房里的时光从明天起就再也没有了，她觉得自己应该在离开之前做点什么，哪怕说点什么呢！几个月来她一直眼巴巴地盼着离开这间厨房，而且是永远离开，再也不回来，可真到了这一天，她却犹豫了。弗兰奇倚着门框站在那里——她觉得这一时刻她说任何话都带着一股伤感的劲儿，美得很，哪怕话本身和美好这个字眼相差十万八千里，她也觉得很美。

"我今天晚上要洗两次澡。先泡澡，用刷子好好刷刷我的身体，特别是我胳膊肘那块儿的黑，我要用刷子刷掉它。然后我把第一遍水倒了，好好再冲一遍。"她说得很平静。

"听上去不错，讲卫生是好事儿，谁听了都为你高兴。"贝莉尼斯说。

"我也要再洗一遍澡！"约翰·亨利也跟着说。因为屋子里太黑，约翰·亨利又站在紧靠着炉子的角落里，所以弗兰奇看不见他。但她知道七点钟时贝莉尼斯给约翰·亨利洗了澡，还帮他换了一条短裤，她站在门口，听着从厨房里传来的蹭来蹭去的脚步声，那是约翰·亨利，他戴着贝莉尼斯的帽子，穿着她的高跟鞋在房间里走来走去。

"为什么你要洗两遍澡？"这就是约翰·亨利，他就喜欢问一些没意思的问题。

"什么为什么？宝贝。"贝莉尼斯说。

约翰·亨利不说话，弗兰奇说："为什么法律不允许换名字？"

坐在椅子上的贝莉尼斯正在看报纸，她低着脑袋，脖子扭向一边，谁看了她这副模样都替她难受。她的身后是窗户，从那里只有一点光透进来。弗兰奇刚想接着说点什么，贝莉尼斯把手里的报纸一折，往桌子上一拍。

"自己想！"她说，"这能有什么原因？！想想换名字会给人带来多大的混乱！"

"不明白。"弗兰奇说。

"你肩膀上扛的是什么东西？！"贝莉尼斯说，"如果是脑袋就好好想想，假如我突然发神经叫自己伊雷娜·罗斯福，然后你也发神经，叫自己乔·路易斯，约翰·亨利叫自己亨利·福特。你说这世界会不会变得一团糟？"

"你说话能不能不那么小孩子气！"弗兰奇说，"我不是那个意思！我是说如果你原来的名字不适合你，现在你换了个合适你的名字，这不行吗？就像我这样，把名字从弗兰奇改成F·贾思敏。"

"怎么改都是一团糟！假如我们每个人都这样做的话，当你提起一个人的名字，谁会知道她是谁！那世界岂不乱了套！"贝莉尼斯说。

"我看不出这会乱到哪里去。"

"每个人的名字后面连着很多事情，"贝莉尼斯说，"自打你有了名字，事情就一个接一个地来了，你的各种各样的行为和你的名字关联起来，要不了多久你的名字就有了意义，和许多事情挂上了钩，如果你尽做坏事，名声臭了，那你就甩不掉你的名字喽！如果你做的是好事，得了好名誉，那你就心安理得了很多。"

"那你说说，我过去的名字是和什么连在一起的？"弗兰奇问。贝莉尼斯不说话了。弗兰奇说道："什么都没有！瞧！我的名字没有任何意义！"

"这么说不对！"贝莉尼斯说，"大家一提起弗兰奇·雅德姆斯这个名字，想到的是已经上完七年级第二学期的弗兰奇，在浸信会礼堂举办的复活节寻蛋活动中找到那只金蛋的弗兰奇，在戈洛夫街住的弗兰奇——"

"可这些事情不值一提，"弗兰奇说，"明白吗？不值一提，所以我就不会有报应。"

"会的，"贝莉尼斯说，"会有报应的。"

说完她叹口气，手伸进胸口那里去摸她的切斯菲尔德烟盒。"你非得和我犟，我还能说什么？！如果我能说清楚的话，我就是巫师了，也不会坐在这里，而是去华尔街当个巫师，挣得好钱。我只说名字会给你招来报应，至于什么报应，我怎么知道。"

弗兰奇不说话，过了一会儿，她说："对了，我觉得我应该去你家一趟，去找大妈妈给我算算命。虽然我不太信算命什么的，但是我觉得我还是去一趟比较好。"

"随你便。不过我觉得没必要。"

"我觉得我现在就应该去。"弗兰奇说。

但是她走到门口就停下了，天已经黑了。夏夜黄昏的声音在安静的厨房里盘旋。调音师施瓦兹保曼先生已经收工，刚才的十五分钟的时间里他没弹多少曲子。他弹琴的时候肯定没看乐谱，是凭借记忆弹的。弗兰奇一直觉得施瓦兹保曼先生弹琴时这按一下那按一下的样子像一只银蜘蛛。他的琴声也是这一下那一下的，他弹出来的华尔兹舞曲听上去软绵绵的，小夜曲听得人直紧张。从街区那边传来收音机广播的声音，虽然听不清里面说的什么，但声音很严肃。弗兰奇家隔壁是奥尼尔家，他家的后院里，一帮孩子们正在吵吵嚷嚷地打比赛。夜色里，各种声音此起彼伏，最后消失于渐渐黑下来的夜色中。厨房重新变得安静下来。

　　"听着，"弗兰奇说，"我一直想和你们说，你不觉得很奇怪吗？我是我，你是你，我是弗兰奇·雅德姆斯，你是贝莉尼斯·赛迪·布朗。即便我们每天都能看到对方，在一起待着，而且是一年又一年地在一个房间里待着，可是我还是我，而你也是你，我不能成为任何人，我只能是我，你也不能成为任何人，你只能是你自己。你想过吗？这是不是很奇怪？"

　　贝莉尼斯坐在椅子上，轻轻地摇着。那椅子不是摇椅，而是硬椅，她坐在上面，身体后仰，手扣住桌子边保持住平衡，让椅子前腿儿一下一下地敲击着地面，那只黑乎乎的手看上去硬硬的。当弗兰奇说话时，她停止了晃动，沉默片刻后说："我偶尔也会这么想。"

　　厨房里的家具被夜色遮得严严实实，但声音还没退去，如果可以用盛开的花朵形容声音的话，那些声音就像盛开的鲜花，它们听上去温柔极了。弗兰奇抱着后脑勺站着，看着黑乎乎的厨房。她就想说点什么，那些话哽在喉咙里，让她不舒服，虽然她不知道说出来的会是什么。"这么说吧，"她说，"我看见一棵绿色的树，对我来说它是绿色的。你也可以说树本身就是绿色的，是绿树。我们都认可这一点，但是你眼睛里的绿色是不是就是我眼里的绿色呢？或者，我们都管那种颜色叫黑色，但是我们怎么认定你看到的黑色就是我看到的黑色呢？"

贝莉尼斯想了一会儿，说："那些事情我们没法证明。"

弗兰奇把脑袋往门板上蹭了蹭，抬手掐住自己的脖子，这次她的声音断断续续，像是濒死的人在说话："我不是那个意思。"

从贝莉尼斯手上流泻出来的烟雾在房间里飘浮，久久不散，空气里有一股苦味，但是让人感到温暖。约翰·亨利穿着高跟鞋在炉子和桌子之间蹭来蹭去。墙后面传来老鼠"咯吱咯吱"的动静。

"我不是这个意思，"弗兰奇说，"你在大街上走，碰到一个人，任何人，你们看着彼此。你是你，他是他，可是当你们目光碰在一起的一刹那，从对方的眼睛里都看到了'connexion'的意思。然后你走你的路，他走他的路，你们去了镇子不同的地方，也许以后再也不会看到对方。一辈子都看不到，你明白我的意思吗？"

"不算明白。"贝莉尼斯说。

"就拿我们这个镇子来说，"弗兰奇提高声音，"一下子来了这么多人，我甚至记不住他们的脸，叫不上来他们的名字。他们从我们身边经过，却没有任何'connexion'。他们不认识我，我也不认识他们。现在我要离开这个镇子了，还有这么多人我不认识。"

"那你说说，你想和谁认识？"贝莉尼斯问她。

弗兰奇回答："每个人，包括全世界的人。"

"什么，你自己听听你在说些什么？"贝莉尼斯说，"难道你想认识威利斯·罗德？还有那些德国人？日本人？"

弗兰奇用头撞了下门框，抬起头，看着黑乎乎的天花板，她不知该怎么回答贝莉尼斯，只能说："我不是那个意思。那不是我想说的意思。"

"那什么是你想说的意思？"贝莉尼斯问她。

弗兰奇摇摇头，她一下子也回答不上来。她觉得自己心里一片混沌，静静地说不出话来，她只好等着那些话自己冒出来，就像鲜花即将绽放的那一瞬间。从隔壁人家传出正在打棒球比赛的孩子们拉长调门的喊声：就位！就位！接着是球在空中飞舞引发的风声和球撞击球棒的声音，连带还有跑动的脚步声和孩子们叽里哇啦的声音。从窗户透出淡淡的光，形状四四方方，一个孩子跑着穿过后院，跑到黑乎乎的亭子里去捡球。那孩子跑得很快，像是一道影子闪过，以至于弗兰奇很难看清那是谁——他的衬衫后摆呼呼抖着，像是奇怪的翅膀。离窗户再远一些的地方，黄昏显得异常宁静柔和。

贝莉尼斯坐不住了，说："我们是不是打开灯？"

可是他们一直没有开灯。弗兰奇觉得自己的喉咙似乎被什么东西梗住了，想说话却说不出来，她感到一阵恶心，哼哼唧唧地把头往桌面上碰去，终于，她能说话了，声音刺啦刺啦的。

"这个——"

贝莉尼斯等着她说完，可是她又哽住了，说不出话来，贝莉尼斯问她："你到底怎么了？生病了吗？"

弗兰奇觉得自己有一肚子的话要说，却不知如何说起，一分钟后，她用头又磕了一下门框，磕完后围着厨房里的那张桌子绕起圈来，恶心的感觉还没有退去，因为不想让刚才吃下的东西在胃里作乱，她走得很小心，每迈一步都感觉脚下硬邦邦的。她提高嗓门，想说点什么，但说出来后就觉得它们根本不是自己心里想说的话。

"哈！哈！"她说，"我们离开冬山镇后会去好多地方，都是些你想象不到的地方，甚至从来不知道世界上还有那样的地方。虽然我不知道我们第一个要去哪里，但是没有关系，反正我们要一个一个地去，我们就是这样打算的，不停地走，今天在这儿，明天去那儿，什么阿拉斯加、中国、冰岛、南非，坐火车、骑摩托车、坐飞机，全世界地跑。今天这儿，明天那儿，满世界地跑，就是这样！"弗兰奇猛地拉开桌子抽屉，手伸进里面，摸到那把切肉的刀抓在手里，其实她不是非得要找把刀出来，她只是需要手里抓着个东西，这样她围着桌子绕圈子的时候，手里可以有个挥舞的东西。

"说到我们会碰到的事情，"她说，"我们都没工夫去想，因为太快了，贾维斯·雅德姆斯上尉击沉十二艘日本战舰；简妮斯·雅德姆斯夫人参加选美活动被选上全球小姐。事情一件接一件地发生，件件快得要命，快到我们还没感觉到，它就已经结束了。"

"把刀子抓紧，笨蛋！"贝莉尼斯说，"先把它放在桌子上！"

"我们会碰到很多人，轻轻松松就能认识很多人。一到黑夜，我们就朝着有亮光的地方走，走到后我们先敲门，很快就从里面冲出人来，对我们说：'进来！进来！'屋子里有穿戴整齐的飞行员，有从纽约来的贵客，还有电影明星。我们认识了很多人，朋友多得数不清，每天参加各种各样的俱乐部。到最后，世界各地的俱乐部都有我们的身影。哈！哈！"

弗兰奇绕得更欢了，可是当她再一次经过贝莉尼斯身边时，贝莉尼斯一伸胳膊，一把揪住她的外衣，这一揪让弗兰奇打了个趔趄，她甚至感到自己的骨头被扯得咔嚓响了一声，牙齿也硌了一下。贝莉尼斯的胳膊怎么这么有劲儿。

"疯子！"贝莉尼斯把弗兰奇揪到她跟前，长长的胳膊绕成一个圆圈儿，把弗兰奇箍在中间，"瞧你这汗出的！像头湿淋淋的骡子！过来，让我摸摸你头，别是发烧了。"

弗兰奇拽住贝莉尼斯的辫子，做出要拿刀割她辫子的架势。

"你怎么抖得这么厉害？"贝莉尼斯说，"是不是因为今天在大太阳底下跑得太久了，发烧了？宝贝，你确定你没生病？"

"生病？"弗兰奇说，"谁生病？我？"

"过来！坐我腿上！"贝莉尼斯说，"休息一会儿！"

弗兰奇把刀子放在桌子上，走过去坐到贝莉尼斯的腿上。她把身体微微往后仰靠在贝莉尼斯的肩膀上，脸贴着贝莉尼斯的脖子，她感觉自己的脸上都是汗水，贝莉尼斯的脖子也是汗津津的，两个人的身上都有一股很重的汗酸味。

弗兰奇的右腿顺着贝莉尼斯的膝盖耷拉下来，一直在抖，直到她用脚尖杵着地面，才感觉好点。约翰·亨利脚上穿着高跟鞋朝他们蹭过来，他吃醋了，他往贝莉尼斯身上贴过去，又伸出胳膊搂住贝莉尼斯的脑袋，嘴唇几乎要贴着贝莉尼斯的耳朵。没过一会儿，他开始推弗兰奇，还不怀好意地用指头戳了她一下。

"别去惹弗兰奇！"贝莉尼斯说，"她又没碍着你什么！"

"我病了。"约翰·亨利哼哼唧唧地说。

"你哪儿病了？！你不是好好的嘛！别叽叽歪歪的！你就是见不得别人关心你表姐。"

"弗兰奇是害人精！她爱命令人！"约翰·亨利为自己辩解。

"她又没害你！让她休息一会儿！她累了。"

弗兰奇扭过头，把脸贴在贝莉尼斯的肩膀上，她感觉到贝莉尼斯的又大又软的胸脯抵着自己的后背，还有她的大肚子软乎乎的，以及她结实的热乎乎的大腿。

一开始她还有点喘，过了一会儿呼吸声慢下来，最后和贝莉尼斯的呼吸声融在了一起，两个人仿佛成了一个人，贝莉尼斯的两只大手交叠着搂在弗兰奇的胸前，她们的身后，从窗户透出来的光正在退去，贝莉尼斯长叹一声，说：

"我迷迷糊糊觉得你想说什么，"她说，"其实我们都一样，自己说了不算，为什么人生下来是这样或那样的，谁都不知道，但都由不得自己，我生下来就是贝莉尼斯，你生下来是弗兰奇，约翰·亨利生下来是约翰·亨利。也许我们都想做点儿什么开拓人生，可是不管我们费了多少劲儿，还是说了不算，你还是你，我还是我，我们每个人都说了不算，这是不是就是你想告诉我们的？"

"不知道，"弗兰奇说，"但我不想在这里待一辈子，一直不离开。"

她知道贝莉尼斯为什么这么说。只有约翰·亨利奶声奶气地问了一句："为什么呀？"

"因为我是黑人呗，"贝莉尼斯说，"因为我生下来就是黑的，其实每个人都是这样，自己做不了主，这样或那样。有时候，比方说哈尼，他总说住在这里喘不过气来，总想干点坏事或者伤害自己，也是，有时候确实让人无法忍受。"

"我理解哈尼，"弗兰奇说，"我希望他那么做。"

"他是因为绝望。"

"是的，"弗兰奇说，"有时候我也想做坏事，我甚至想过把咱们这个镇子砸了。"

"你以前说过这句话，"贝莉尼斯说，"可是那样做有用吗？问题是我们都被箍在这儿，谁都想离开，试来试去，一心想离开。就拿我和鲁迪来说，我们在一起的时候，我很少有这种被箍的感觉，鲁迪死后，我也想离开这里，可到最后还不是哪儿都去不了。"

这样的话让弗兰奇心里害怕。她急忙搂住贝莉尼斯，搂得紧紧的，两个人的喘气声慢了下来，虽然她看不见约翰·亨利，可是能感觉到他离自己不远。约翰·亨利顺着椅子的后磴儿站了上来，从后面抱住贝莉尼斯的脑袋，又用手一边一个抓住贝莉尼斯的耳朵。贝莉尼斯对他说：

"甜心，别那样揪我耳朵！我们不会飞走的，不会把你一个人留在这儿，再说还有天花板挡着呢！"

从厨房洗手池里传来流水的滴答声，从墙后面传来那只耗子跑动的声音。

"我知道你的意思，"弗兰奇说，"可是我觉得你用'箍'这个词不合适，我觉得应该说'松散'而不是'箍'，虽然这两个词的意思有点相反。我的意思是你出去玩儿，看见好多人，可是这些人和你没什么关系。"

"你是说没人管他们？"

"不是！"弗兰奇说，"我的意思是说，你不知道是什么把他们联结在一起。你也不知道他们从哪里来，到哪里去。比方说，那些士兵，是什么让他们来到我们这个镇子？他们从哪里来的，要到哪里去？"

"从妈妈肚子里来，"贝莉尼斯说，"到另一个世界去。"

弗兰奇把声音拔得又尖又细："我知道，但这一切又是为了什么？人们待在这里，无事可干，可是又走不了。身不由己和无所事事。谁都不知道是什么让他们走到一起，可是应该有什么原因或者说某种'connexion'让他们走到一起，只不过我说不出那是什么，我不知道。"

"如果你什么都知道的话，那要上帝干什么，"贝莉尼斯说，"难道你连这个道理都不懂？！"

"也许你说得对。"

"人只能知道应该知道的事情，至于那些不应该知道的事情，你永远都不可能知道。"

"可是我希望我能。"弗兰奇说。后背的肌肉太紧了，她活动了一下身子，展了展腰，顺便伸了伸桌子下那两条长腿。"不管怎么说，我离开冬山镇后就不用再考虑这些事情了。"

"你现在也不用考虑这些事情！没有人要求你来解世界之谜。"贝莉尼斯吸了口气，很深的一口气，像是故意的，吸完后她说："弗兰奇，你的骨头真硬！"

弗兰奇知道，这是贝莉尼斯在暗示自己从她身上起来。平时贝莉尼斯这么说的话她会知趣地从她身上下来，打开灯，从炉子上拿上一块纸杯蛋糕，或者出门去镇子里玩。但是今天她没有，还是黏在贝莉尼斯的腿上不肯下来，还把脑袋搁在贝莉尼斯的肩膀上，她的脸贴着贝莉尼斯的脖子，贴得紧紧的。外面传来夏天傍晚时分的声音，好几种声音交错在一起，听上去绵远而悠长。

"我以前从来没有和你说过这件事，"弗兰奇说，"是这样的，不知道你想过这个问题没有，我们现在待在这里，就是说这一分钟我们待在这里，可是就在我们说话的时候，一分钟已经过去了，而且它再也不会回来了。全世界都是这样的，过去了就是过去了，人世间没有任何力量可以让这一分钟回来。它溜走了，你有没有想过这件事呢？"

贝莉尼斯没有说话，厨房里更黑了。三个人坐着，默不出声，彼此挨得很近，近到可以听见其他人的呼吸声。突然，几乎是同时，三个人没有任何征兆地放声大哭起来。这一幕就像夏天的时候，三个人总是同时唱起一首歌，通常是八月，夜色降临后，房间里响起三个人合唱圣诞欢乐颂或者蓝调的声音，有时候唱之前他们会为找好的歌曲找一个调子。

也有三个人各唱各的歌的时候，一直唱到三个人的调子合到一起，最后成为一首很特别的歌曲。约翰·亨利唱歌带哭腔，调子起得很高，不管唱什么，都是一副哭腔：总有一个音打着颤，高高地悬于歌曲其他部分。贝莉尼斯的声音很低沉，也很清晰，她唱歌时喜欢用脚后跟打拍子。弗兰奇的声音介于约翰·亨利和贝莉尼斯之间，因为这样，他们三人的歌声才能合在一起，合得很好。

他们经常这样合唱，这样的歌声在八月的夜晚很甜美，和别的歌曲不一样。但是他们从来没有同时放声痛哭过，但这次，虽然每个人痛哭的原因各不相同，但三个人好像约好了似的，一起哭了起来。约翰·亨利哭是因为嫉妒，虽然过后他说自己哭是因为墙后面的那只老鼠。贝莉尼斯哭是因为他们说到了黑人，或者是因为鲁迪，要不就是弗兰奇的骨头太硬了。弗兰奇不知道自己为什么会哭，只好说是因为自己的发型剪得太短，还有她的胳膊肘太黑了。他们摸黑哭了一会儿，然后打住，哭声结束得很突然，就像开始哭那样，没什么征兆。三个人异口同声的哭声让墙后面的老鼠也噤声了。

"起来吧。"贝莉尼斯说。于是他们仨站起来，围着桌子站成一圈儿，弗兰奇打开灯，贝莉尼斯挠挠头，吸溜着鼻子说："我们真是些丧气的家伙，谁知道怎么就哭了？！"

灯光明亮得突兀。弗兰奇打开洗手池的水龙头，把脑袋低下，让水流过头顶。贝莉尼斯拿起擦碗布擦了擦脸，然后去了镜子那儿，重新编好辫子。约翰·亨利头上戴着贝莉尼斯那顶插了根羽毛的粉红色帽子，脚上穿着贝莉尼斯的高跟鞋，像一个又老又矮的侏儒女人。厨房的墙上满是涂鸦，乱七八糟，刺人眼睛。他们三个站在灯底下，面面相觑，像是三个陌生人，又像三个小鬼。就在这时，大门开了，从客厅里传来爸爸慢腾腾的脚步声。蛾子还在窗户的纱窗上扇动着翅膀，终于，这被封在厨房里的一天过去了。

3

经过监狱时已经是傍晚了。弗兰奇去苏格维尔找大妈妈算命，监狱并不在去苏格维尔的路上，可是弗兰奇想在离开这里之前最后看它一眼，就特意绕路打它门前经过。这么做的原因很简单，自打春天起一直到现在，她心里一直惦记着这座监狱，一想到它心里就慌，就害怕。这是一座很老很老的监狱，房子是砖砌的，有三层楼那么高，围墙上围了一圈带刺儿的铁丝网，里面关着很多贼、抢劫犯和杀人犯，他们住在冰冷的牢房里，牢房窗户都用铁栅栏封得死死的，石头墙和铁栅栏坚硬无比，砸不开也钳不断，人进去了就出不来。犯人们穿着条纹牢服，能吃的只有煮豆子和玉米面包，食物总是冰冷冰冷的，还常常能在里面看到蟑螂。

弗兰奇认识几个犯人，他们都是黑人，其中一个男孩儿叫凯普，他是贝莉尼斯的朋友，以前为一位白人太太工作，后来那位太太说自己的一件毛衣和一双鞋被凯普偷了，凯普就被关进了监狱。警察上门逮他的时候，是开着警车来的，警铃大作，停在凯普家门口，警察把凯普从家里拽出来，押进囚车，然后又响着警铃向监狱方向驶去。自打弗兰奇从希尔锐步百货商店里偷了把三棱刮刀后，监狱就成了她的一块心病，她常常去位于监狱对面那条街道上的"监狱寡妇广场"找个地方站下，打量监狱这边，一看就是很长时间。经常有罪犯在栏杆后面站着，她看着那些人的眼睛，觉得它们看上去就像马戏表演上怪人的眼睛，长长的，好像会说话，好像在对她说：我们知道你做了什么坏事。有时候星期六下午，从那个被叫作"野牛栏"的牢房里会传出疯狂的叫喊声、咒骂声和歌声。但是今天晚上监狱里很安静——弗兰奇只看到了一个罪犯的身影，那个人的房间亮着灯，说是身影，不如说她看见的是铁栅栏后面那人的脑袋和两只拳头的剪影。虽然监狱的院子和其他牢房也亮着灯，但是整个监狱给人一种阴气森森的感觉。

约翰·亨利站在离弗兰奇稍远一点的地方（他身上穿的那件淡黄色的戏服是弗兰奇送给他的，她把自己所有的戏服都送给了约翰·亨利），脸冲着监狱喊："他们为啥关你？"来之前弗兰奇压根儿没想带上约翰·亨利，他没完没了地央求她，她也没有答应，是他自己跟在她身后跑来的，看见里面没有犯人搭理他，约翰·亨利又用细细的声音说了一遍："他们要吊死你吗？"

"别喊了！如果你给关在监狱里，有人那样对你喊，你会高兴吗？"弗兰奇不让约翰·亨利捣乱。明天她就永远离开这个镇子了，不用担心自己会被送到监狱里去了，所以监狱看上去也没那么可怕了。最后，弗兰奇看了一眼监狱，就走开了。

当她到达苏格维尔区的时候已经八点多了，周围一片朦朦胧胧的淡紫色。大路两旁的房子挨挨挤挤，有些人家点上了油灯，在闪烁的火苗下隐约可见前屋起居室里的床和壁炉的轮廓。空气里回荡着说话声、钢琴声和小号声，孩子们在窄小的街道上玩耍，土路上到处是他们踏出的带着花纹的鞋印。因为是星期六，所有的人都是一副盛装打扮的模样，街道拐角处站着几个黑人男孩和女孩，女孩们穿着闪闪发光的晚礼服。空气里弥漫着开派对的气氛，这让弗兰奇想起自己和那个士兵在蓝月亮的约会。她和街上的人打着招呼，彼此眼神交汇的一刹那，都从对方眼睛里看到"connexion"之意。铁线莲的味道丝丝缕缕，和略带苦味的尘土味儿、厕所味儿以及饭菜的香味混在一起，构成了夜晚的味道。贝莉尼斯家的房子位于楝树街的拐角处。那是一座只有两个房间的屋子，前院很小，院墙上围了一圈儿陶瓷碎片和瓶盖。阳台的长凳上摆了几盆暗绿色的蕨类植物，油灯灰黄色的光焰从半掩的门缝里倾泻出来。

弗兰奇让约翰·亨利在外面等她："你在这里等我一会儿。"

刚才屋子里还有人说话，声音叽里哇啦的，弗兰奇一敲门，里面的人马上不说话了，又过了一秒钟，从屋里传出一声问话：

"谁在那里？是谁？"

"是我，弗兰奇。"弗兰奇没有报自己的姓，因为她觉得这么说足够了。

虽然房间里的木头百叶窗开着，人走进房间里还是觉得闷闷的。弗兰奇闻到一股病人身上散发出来的味道，此外还有一股鱼虾味儿。客厅里的家具很多，但看上去还算整洁。靠右手挨墙的地方摆着一张床，床对面是一台缝纫机和一架风琴。壁炉上方的墙上挂着鲁迪·弗里曼的照片。壁炉台上摆着好几样东西，有颜色漂亮的日历，各种奖状和纪念品。大妈妈在离门不远的一张床上躺着，她可以透过床前面的窗户看到摆着花盆的阳台和外面的街道。大妈妈已经很老了，皮肤黝黑，全身缩着，看上去皮包骨头，人瘦得像是笤帚把儿。她左边脸和脖子的皮肤像牛油的颜色，是白色的，另外半边脸的颜色是古铜色。以前弗兰奇以为大妈妈这是要变成白人，但是贝莉尼斯告诉她那只是一种皮肤病，有的黑人会得这种病。大妈妈靠给人清洗衣服和打窗帘褶子为生，自打那年生了病，她突然不能弯腰了，常年躺在床上，不过她没有丧失谋生的能力，因为她突然发现自己能未卜先知。弗兰奇一直觉得大妈妈很神秘，当她还是个小孩儿的时候，大妈妈在她心里的形象和那三个躲在柴房里的小鬼没什么两样。即使到现在，她长大了，一想起大妈妈还是有一种怪怪的感觉。大妈妈躺在床上，身下垫着三个羽毛枕头，枕头套四面钩着花边，一床花花绿绿的被子盖着她那两条瘦骨嶙峋的腿。用来摆放油灯的客厅桌子挨着大妈妈的床很近，她很容易就能够到桌上的其他东西：一本解梦书，一个白色的小碟，一个装针头线脑的小篮子，一个盛水的敞口玻璃杯，一本《圣经》，以及其他零碎东西。弗兰奇还没进屋，就听见从屋里传来大妈妈自言自语的声音，她一直这样，躺在床上，嘴里叽叽咕咕，说自己是谁，正在做什么，打算做什么，等等。房间的墙上分别挂着三面镜子，忽明忽暗昏黄的油灯的光从镜子里反射出来，摇摇摆摆像是波浪，灯光给地上墙上投下巨大的影子。弗兰奇想，油灯灯芯需要剪了。她还听见从

156

后面的房间里传来脚步声。

"我过来算命。"弗兰奇说。

当大妈妈一个人待在屋里时喜欢自言自语，真要是来了客人她倒很少说话。她盯着弗兰奇看了足足几秒钟的工夫，才说："可以，你去把风琴前面的那个小凳子搬过来坐下。"

弗兰奇把小凳子拿过来，挨着大妈妈的床边坐下，她把身体往前凑凑，手掌摊开给大妈妈看。可是大妈妈并没有抓她的手，而是盯着她的脸看了一会儿，然后从床底下拖出一个痰盂儿，往里面吐了一口嘴里嚼的东西，又张罗着戴上眼镜。弗兰奇有点不自在，因为她觉得大妈妈之所以磨蹭其实是在窥测她内心的活动。从后面房间传来的脚步声停止了，屋子里静悄悄的。

"你先静下心好好想想，然后告诉我你最近做的一个梦，梦里都有什么？"大妈妈说。

因为很少做梦，弗兰奇费了半天的劲儿才想起自己在一个夏天做过的一个梦。"我梦到过一扇门，"她说，"我看着它慢慢打开，感觉特别奇怪，然后我就醒了。"

"梦里有没有一只手？"

弗兰奇想了想，说："没有。"

"门上有没有蟑螂？"

"蟑螂？没有。"

"这个梦是这样的，"大妈妈缓缓抬起眼皮，又缓缓合上，"你的生活将要发生变化。"

大妈妈抓过弗兰奇的手，开始给她看相："从上面看你会和一个蓝眼睛浅色头发的男孩儿结婚。你能活到七十岁，但是你得小心水。我从你手纹上看到一道红泥沟和一包棉花。"

弗兰奇顿时觉得自己的钱和时间都浪费了。"这说的都是什么呀?"她心里想。

突然,大妈妈抬起头,眼睛直瞪瞪地看着客厅和厨房中间的那堵墙,脖子上的喉结也变硬了似的。"你!又在干什么?"大妈妈喊道。

弗兰奇顺着大妈妈的视线扭过头去。

"嗯,妈。"一个声音从后面那间屋子里传来,像是哈尼的声音。

"和你说了多少遍了,不要把脚架在桌子上!"

"嗯,妈。"那是哈尼,声音温和,像是摩西在说话。弗兰奇听见他把脚放下来,落在地上。

"我看你鼻子和书都粘到一起了,哈尼·布朗,把书放下,先吃饭。"

弗兰奇打了个激灵。大妈妈是怎么看到正在厨房里看书的哈尼把脚搁在桌子上的?难道大妈妈的眼睛能穿透墙?那可是一堵真的木板墙。看来自己有必要把大妈妈的话听仔细些。

"我从这里看到一笔钱。是一笔钱,我还看见婚礼。"

弗兰奇的手微微一抖:"那正是我要问的,赶快和我说说!"

"婚礼的事情还是钱的事情?"

"婚礼。"

油灯把她和大妈妈巨大的影子投射在空荡荡的墙上。"是你一位近亲的婚礼,我还看到一趟旅行。"大妈妈说。

"旅行?"弗兰奇问大妈妈,"是什么样的旅行?长途旅行吗?"

大妈妈的指头是弯的,手背上长满了浅色的斑点,掌心像融化了的粉色蜡烛的颜色。"是短途旅行。"她回答道。

"怎么能是短……"弗兰奇有点疑惑不解。

"因为我从你的掌心里看到了离开和回来。一条纹路意味着离开,另外一条意味着回来。"

这是什么话!贝莉尼斯肯定早就告诉她了,她们要去冬山镇参加婚礼。弗兰奇有点沮丧,不过,既然大妈妈能看到墙那边的东西,她也不好再说什么。"你确定吗?"弗兰奇问。

"噢……"大妈妈沙哑的声音听上去有点犹豫,"我看到了离开,还有返回,也许不是马上离开或者返回,总之我不能保证。因为我还看到了公路、火车,和一笔钱。"

"哦。"

一阵脚步声响起,弗兰奇循声往身后望去,哈尼·凯姆登·布朗站在厨房和客厅中间的门槛边上,他穿了件黄色衬衫,领子上系了个蝴蝶结,哈尼穿衣服一向干净整洁——只是他的眼神很忧郁,还常常耷拉着脸,一言不发,脸上硬邦邦的毫无表情,像是块石头。照大妈妈常说的,上帝创造哈尼时,一定是没等完成就撒手了,因为这个,所以哈尼只能今天干干这个明天干干那个让自己学着像个人的样子。当弗兰奇第一次听到大妈妈这样说哈尼时,还不明白这些话的意思,尽管后来她懂了,但是哈尼在她心里的形象很长时间都是一个只有一条胳膊、一条腿和半边脸的躲在镇子阳光较暗的角落里蹦蹦跳跳的"半个人"。哈尼小号吹得很棒,他在黑人学校上学时,得过小号比赛第一名。他还从亚特兰大城买了一本法语书，自学法语。可他常常在外游荡，一出去就是好几天，像个疯子似的在苏格维尔到处乱转，一副丢了魂的样子，直到被他的朋友拖回家。哈尼其实很会讲话，他说起话来两片嘴唇像蝴蝶扇动翅膀一样轻快，而且从他嘴里说出来的话和别人没啥两样，很正常——可有时候别人问他话时，他又哼哼啊啊地说不清楚，就连他的家人也猜不出他到底在说些啥。大妈妈说上帝创造哈尼时，没完成就撒手了，结果哈尼就成了这样，一辈子都好不了了。弗兰奇看着哈尼，他倚着门口的廊柱站着，看上去是那么瘦弱和没有精神，虽然他脸上有汗，但给人的感觉是冷的。

"我要走了，有什么需要我做的吗？"哈尼问。

弗兰奇心里一动，看着哈尼那双平静而忧郁的眼睛，突然想说点什么。灯光下哈尼安静地站着，一动不动，他的皮肤像是紫藤的颜色，嘴唇是蓝色的。

"贝莉尼斯和你说婚礼的事了吗？"其实这一次弗兰奇还真不想和人说婚礼的事，只不过她感觉自己必须说点什么，可又没什么可说的，只好这么问了一句。

"啊……"哈尼回答道。

"我没有什么需要帮忙的。威廉姆斯一会儿过来，来找贝莉尼斯。你现在要去哪儿？孩子。"大妈妈问哈尼。

"我去叉瀑。"

"好吧，'想起一出是一出'先生，你是什么时候决定去叉瀑的？"

哈尼不说话了，倚着柱子站着的他脸上的表情突然变得倔巴巴的。

"为什么你不能正常点？"大妈妈说。

"我星期日在那儿待一天，星期一回来。"

弗兰奇觉得自己还没有和哈尼把话说完，她对大妈妈说："你刚才和我说到婚礼。"

"是的，"大妈妈松开弗兰奇的手，看着她身上穿的礼服、丝袜和那双新买的银鞋，"我是说，你以后会和一个浅色头发蓝眼睛的男孩儿结婚，不过这是以后的事儿。"

"我不是想看我要和谁结婚，我是想让你给我看看另外一场婚礼。还有，帮我看看路上和火车上要发生什么。"

"好的。"大妈妈的目光重新落到弗兰奇的手掌上，但是弗兰奇看出来大妈妈的心思不在自己身上，"我看到几个人离开又回来，还有一沓钱、公路和火车。你的幸运数字是六，十三有时候也能给你带来幸运。"

弗兰奇想和大妈妈争辩，可是又想，谁能争得过一个算命的呢？她想问得更清楚些，大妈妈刚才说她要返回，可是为什么又提到公路和火车呢，这不是自相矛盾吗？

就在她准备发问的时候，阳台上又传来一阵脚步声，接着是敲门的声音，不大一会儿威廉姆斯出现在客厅里。他很得体地在门口蹭蹭脚才进屋来，他给大妈妈带了礼物——一小桶冰激凌。弗兰奇想起贝莉尼斯说过威廉姆斯不能让她颤抖的话，觉得贝莉尼斯说的是实话，威廉姆斯不是帅哥，不仅肚子大得像马甲下面藏了个西瓜，脖子后面还有好多褶子。威廉姆斯的出现让弗兰奇再一次意识到有人陪是多么好啊！她喜欢贝莉尼斯家的这种氛围，甚至喜欢得到了嫉妒的地步，每次她来这里找贝莉尼斯时，总是可以看到很多人——这就是大家庭让人羡慕的地方，一个人可以有那么多表哥堂哥，而且他们都是你的朋友。尤其是冬天，壁炉里跳动着熊熊火苗，一家人坐在一起，七嘴八舌地说着话，其乐融融。到了秋天，他们家是第一个吃到甘蔗的人家，每到夜晚，贝莉尼斯用刀子把那些表皮光滑颜色粉粉的甘蔗削成一小段一小段，让每个人吃，人们把嚼碎的甘蔗渣吐在地上的报纸里，碎甘蔗渣上面还有牙齿咬过的印痕。夜色那么澄明，就连油灯的气味都和往常不一样，整个房间给人的感觉也不一样，就像变了个样子似的。

　　威廉姆斯的到来让弗兰奇的心重新回到那种其乐融融的感觉中，等大妈妈算完命后，她把一枚一角的硬币放进桌子上的那个白色小碟里——虽然大妈妈没有给自己的算命生意标过价格，但是像弗兰奇这样对未来有所担忧来找大妈妈算命的人通常都会慷慨解囊的。

　　"说句实话，我从来没有见过个头像你这样蹿得这么快的孩子，弗兰奇。"大妈妈表情认真地说，"我觉得你应该放块砖头在脑门儿顶上。"弗兰奇刚站起来，一听这话马上缩了缩身子，两只膝盖往里弯了弯，又把肩膀也往里缩了缩。"你身上的裙子很漂亮，鞋是银色的，也好看，还有丝袜也很漂亮！你看上去像个大姑娘了！"

　　弗兰奇和哈尼同一时间离开了大妈妈的家，她心里好想和哈尼说说话，可是不知该怎么开口，这让她有点烦躁。等在外面小道上的约翰·亨利看见他们出来，赶紧跑过来。哈尼这一次没有像往常那样，把手卡在约翰·亨利的胳肢窝底下，把他悠起来转圈玩儿，哈尼显然不开心，对谁都很冷淡，不仅是哈尼，连月光也很冷淡。

"你去又瀑干什么？"

"瞎玩儿。"

"你相信算命吗？"不等哈尼回答，弗兰奇又说，"你记不记得她头也不回地朝身后喊了一声，让你把脚从桌子上拿下来，当时把我吓了一跳，她是怎么看到你的脚放在桌子上的？"

"从镜子里看到的，"哈尼说，"我妈常从门口那面镜子里观察厨房里的动静。"

"哦，我从来不相信算命。"

约翰·亨利抓住哈尼的手，仰起小脸看着他说："告诉我什么是马力？"

一想到婚礼，弗兰奇心里又充满了力量，正是因为婚礼赋予了她力量，让她觉得自己一定要在最后的晚上给哈尼出个主意什么的，再说这也是她应该做的。就在她思来想去的时候，一个主意突然冲进她的脑海，这主意很新，她从来没有想到过。她一下子就不走了，站在那儿说：

"我知道你应该去哪里。你应该去古巴或者墨西哥。"

哈尼正要往前走，听到弗兰奇这么说，又站住了。约翰·亨利站在两个人中间，一会儿看看弗兰奇，一会儿看看哈尼，月光给他那张小脸蒙上了一层神秘的色彩。

"真是这样的，我很认真地想过这件事。天天去又瀑或者在咱们这个镇子上晃悠对你没有任何好处。我见过好多古巴人和墨西哥人的照片，他们看上去特别快乐。"说到这儿她停了一下，"这就是我想告诉你的，我认为你在咱们这个镇子里不会快乐，所以你应该去古巴。你长得不黑，再加上你脸上的表情和古巴人很像，所以你应该去古巴，在那儿待下来，变成古巴人，学他们说话，那些古巴人肯定不会把你当黑人看的，你明白我的意思吗？"

哈尼像一尊黑色的塑像，一动不动，也不说话。

"说呀！"约翰·亨利揪着哈尼问，"它们长得像啥？那些马力长得像啥？"

哈尼转过身往街边的那条小路走去，嘴里说："这想法挺妙！"

"是挺妙！"弗兰奇心里很高兴哈尼用"妙"这个词，她小声对自己说了一遍这个词，强忍住心里的兴奋说："不光是妙，你记住我的话，这是你能做的最好的事情。"

哈尼笑了笑。在第二个路口他拐了个弯儿，拐弯时和弗兰奇说："再见。"

镇子中间的那几条路让弗兰奇想起马戏团在这里演出时的气氛，有点像放假，人感觉特别自由，就像一大早她感觉的那样——人和周围融为一体，特别和谐特别欢乐。主街上，一个男人正在角落里卖电动老鼠，他旁边的人行道上盘腿坐着一个缺条胳膊的乞丐，乞丐腿上放着一个锡做的杯子，眼睛一直看着那个卖电动老鼠的人。弗兰奇从来没有见过天黑后的前卫大街是啥样的，因为天黑了她就不可以走得太远，只能在自己家附近玩。街对面的几间仓库黑漆漆的没有一点儿灯火，只有坐落在大街那头的、看上去四四方方的工厂厂房的窗户里还透出些亮光来，空气里隐隐飘来机器的嗡嗡声和染布的味道。大街上好多生意都还没歇业，各种颜色的霓虹灯光交织在一起，给人一种像是浮在水里的缥缥缈缈的感觉。一些士兵站在角落里说着话，一些士兵手里挽着前来和他约会的姑娘，在大街上散着步。那些声音和过去的这个夏天里弗兰奇听到的声音一样，模糊不清，里面有脚步声，还有说笑的声音，声音来来去去，偶尔从楼上的房间里传出来一个声音，向街道远处飘去。因为被太阳烘烤过，建筑物有一股被烤热的砖头散发出的味道；路面的热气从她脚上的银色鞋子的鞋底透进来。她来到蓝月亮酒吧对面的角落里站下。只因为中间隔着一个漫长的下午，待在厨房里打发时间，却使得昨天早晨和那个士兵的相遇仿佛是很久以前发生的事，就连士兵的样子也变得模糊。士兵和她的约会，还有昨天下午的时光仿佛是离自己遥远的事情。马上就要九点了，弗兰奇犹豫着自己要不要去见那个士兵，一种无法言说的感觉似乎在告诉她去见那个士兵是个错误。

"我们要去哪儿？"约翰·亨利说，"我们回家吧。"

约翰·亨利的话吓了弗兰奇一跳，因为她忘了他还在旁边站着，约翰·亨利蜷曲着膝盖，眼睛瞪得老大，嘴里说着："我要回家，我们回家吧。"说完他从嘴里掏出一团已经嚼了半天的口香糖，往耳朵后面按，可能是因为汗水让他耳朵后面的皮肤太滑，粘了半天也没粘上，弗兰奇看见他又把口香糖重新塞进嘴里。"你认路不比我差，你自己一个人回呗！"令弗兰奇感到惊奇的是，约翰·亨利居然听话地走了。当她看着约翰·亨利走向那条拥挤的街道，心里突然不好受起来，因为裹在衣服里的约翰·亨利看上去那么可怜，像受了委屈似的。

就像人离开开阔的大路进入一条小巷时肯定会感觉不一样，弗兰奇一踏进蓝月亮酒吧就感觉到这里和外面的不同。酒吧里蓝光闪闪，移动的脸以及嘈杂的声音迎面而来。酒吧柜台前和桌子旁边坐满了士兵和看上去精神抖擞的女士。那个要和弗兰奇约会的士兵站在墙角，正在玩角子机，他看来输了，隔一会儿便往角子机里塞一枚镍币，

"噢，是你。"他冲站在他旁边的弗兰奇打了个招呼，有一秒钟的工夫，他的眼神很茫然，似乎在努力回忆什么，但又很快想起来什么似的，"我还以为你要放我鸽子呢。"士兵把手里的最后一个镍币塞进角子机里，挥起拳头狠劲地砸了一下机器，说："我们先找个地儿坐下。"

两个人来到位于柜台和角子机中间的一张桌子旁边坐下来。从墙上的钟看他们并没坐多长时间，但弗兰奇却觉得时间过得好慢，简直是出奇之慢。倒不是因为那个士兵不搭理她，相反，他一直在和她说话，只不过弗兰奇觉得两个人怎么都说不到一块儿去。造成这种局面的原因是士兵的话里似乎隐含着一层听上去很奇怪的让她琢磨不透的东西。那士兵显然刚刚搞了个人卫生，耳朵和手看着都很干净，发型也梳得整整齐齐，他在出汗，所以头发颜色看上去很深，就是脸有点肿，他说这个下午他睡着了。他显得很兴奋，一直笑嘻嘻的。弗兰奇喜欢和乐呵呵的人坐在一起说说话什么的，可是不知怎的，和这个士兵坐在一起，她却感到紧张，不知道该说什么。

她感觉到士兵好像话里有话，她很想搞清楚士兵到底在说什

么，却怎么也做不到。虽然她对士兵说出来的每一个字都听得很清楚，可是她还是不明白他话里的含义。

士兵买来两杯喝的放在桌子上，弗兰奇拿过来喝了一口，是酒，心里不由得一惊，虽然她觉得自己不是个小孩儿了，但是她知道不满十八岁的人是不能喝酒的，士兵让她喝酒是违法的，想到这儿，她赶紧推开杯子。士兵没有勉强她，脸上还是乐呵呵的，但是等他喝下两杯酒后，弗兰奇开始怀疑这人是不是醉了。为了找话说，弗兰奇开始和士兵说起自己的哥哥，说贾维斯即便是在阿拉斯加也一直游泳，但是士兵似乎并没有在听。他没有和弗兰奇聊打仗，也没有和她聊外国是什么样的，世界形势又是什么样的，而净是说些似乎是开玩笑的话，弗兰奇很想接他的话，却接不上，这让她觉得自己像个在音乐会上被人安排要和他人一起弹奏一曲（二重奏）却心里知道自己根本不会弹那首曲子的小学生，她努力想和他聊几句，却怎么也抓不住他话里的意思。很快，她感觉自己撑不住了，于是只好咧着嘴傻笑，笑到嘴巴变得像块毫无知觉的木头。拥挤的房间里蓝光闪烁，烟雾弥漫，到处是吵吵嚷嚷的人群，弗兰奇越来越迷糊了。

"你真是个有意思的姑娘。"那士兵说。

"巴顿，我打赌两个星期之内他准保打赢那场战斗。"弗兰奇说。

士兵突然不说话了，也不再嬉皮笑脸。他看着她，脸上闪出一副今天早晨看到她时的奇怪表情，弗兰奇从来没在别人脸上见过这样的表情，她有点慌张，不知如何是好。过了一会儿，士兵问她："你刚才说你叫什么来着？漂亮妞儿？"声音特别温柔，只是有点含糊。

没有来得及去想自己是不是喜欢这个士兵叫她"漂亮妞儿"，弗兰奇就已经很大方地告诉了对方自己叫什么。

"这样吧，弗兰奇，我们去楼上待一会儿怎么样？"表面上士兵好像在征求她的意见，可是不等弗兰奇回答，他已经从桌子旁站起身来，还说："我在楼上订了个房间。"

"为什么要去楼上，不是说好了我们要去'闲适时光'玩吗？跳舞或者玩别的。"

"着急去那儿干吗？"士兵说，"那里的乐队十一点才进入状态。"

弗兰奇不想上楼，可是又不知道如何拒绝。她感觉自己就像是待在马戏团的大棚里，或者坐在旋转木马的座位上面，一旦进去或者坐上去就只能等着表演或者游戏结束才能出来或者下来。这次约会也是这样，她不能离开，除非这场约会结束。士兵走到楼梯旁站住了，似乎在等她，弗兰奇只好跟上去。他们上了两层楼梯，来到一处散发着一股尿臊和油毡味儿的狭长长廊，弗兰奇心里忐忑极了，似乎每走一步都是在犯错。

"这个酒店真好玩儿。"她说。

房间里的寂静吓着了她，门一关，她就感觉到了，那是一种令人害怕的寂静。天花板下方悬着的光秃秃的电灯泡亮着，房间里的摆设丑得要命，让人感觉特别不舒服。漆皮剥落的铁床已经塌陷了，正中间的地板上有一个打开的行李箱，里面胡乱散放着几件军服。房间里还有一个浅色的橡木做的五斗橱，橱子上摆着一个盛满了水的玻璃罐儿，还有一个吃了一半的挂着蓝白糖霜的肉桂卷儿，几只大苍蝇趴在那点心上面。窗户是开着的，没有纱窗，为了让房间里透气，窗帘被挽了个结，悬在窗户上方。士兵走到墙角的洗脸池前，两只手捧着水往自己脸上撩了几下，算是洗脸。肥皂一看就是很普通的牌子，而且已经用得差不多了，洗脸池上方的墙上挂着个小牌，牌子上写着"节约用水"几个字。虽然空气里不时传来士兵的脚步声和水流声，可是弗兰奇还是觉得这个房间寂静极了。

弗兰奇走到窗户跟前，这扇窗户正对着一条小巷，小巷很狭窄，两边是围着它的砖墙。一架云梯从窗口探出来，伸向地面，云梯最下面的两层被屋里透出来的灯光罩住。窗外回响着人声和从收音机里传出来的声音，房间里也有声音——那为什么这个房间给人的感觉是如此寂静？弗兰奇正想着，看到那个士兵走到床边坐下来，房间里异常安静，她突然觉得士兵不再是那个夹在一群在大街上打打闹闹高声喊叫而明天即将各奔天涯的士兵当中的某个，他看上去不但丑，还和自己一点关联都没有。他才去不了缅甸、非洲或者冰岛呢，甚至连阿肯色州这个地名也跟他扯不上关系。他只是一个坐在房间里的人，而这个长了一双彼此挨得很近的浅蓝色眼睛的人正怪模怪样地盯着她看——眼神里带着一股子说不清道不明的温柔劲儿，好像他刚用牛奶洗了眼睛。

房间里的寂静让弗兰奇想起了厨房里的时光，下午时分，人打着瞌睡，屋子里静得似乎连钟摆都停止了摆动——她被一股神秘的让人不安的感觉占据，直到她发现究竟是哪里错了。她忆起在别处也有过几次对一股沉默的气氛感到不安的感觉，一次是在希尔锐步百货商店，在她伸手偷东西之前的那一刹那；还有四月份那次，那天下午她待在麦肯家汽车间里，也感到了类似的让她不安的沉默。这是一种未知的不好的事情发生前的沉寂，这种沉默不是因为周围没有声音，而是由于等待，由于悬念。她看到那个士兵还在瞅她，而且还是那样一副奇怪的眼神。她害怕了。

"过来，弗兰奇。"士兵的声音听上去极不自然，声音低不说，还磕磕巴巴的。他冲弗兰奇伸出手，手心向上，说："别兜圈子了。"

接下来的一分钟发生的事情和发生在马戏表演秀上的疯屋子或者米勒奇韦尔疯人院里的事情很像：因为觉得屋子里太安静了，弗兰奇向门口走去，可就在她从士兵身边走过时，他一把扯住她的裙子，弗兰奇感到身子被重重一拉，整个人立刻摔倒在床上，而且正躺在士兵身边。那士兵搂住她，身体紧跟着压了上来，一股浓烈的汗味儿直冲弗兰奇的鼻子——那是从士兵衬衫散发出来的味道。虽然那个士兵似乎没有那么粗鲁，但是在弗兰奇看来，这和疯了没什么区别——有一秒钟的工夫，因为害怕，她几乎瘫软在床上，根本没力气推开那个士兵，着急忙慌中她用尽全身力气照着伸到自己跟前的某个东西——也许是那个士兵的舌头咬了下去，随着士兵发出一声惨叫，弗兰奇就势挣脱出来。士兵又朝她冲过来，脸上挂着既疼得不行又受到惊吓的表情，弗兰奇顺手捞起一个水罐儿，砸在那人的头上。空气中传来一声空空的像是锤子砸在椰子上的声音，士兵的身体摇晃了一下，两个膝盖慢慢地弯了下去，人缓缓地倒在了地上，那一声彻底打破了房间里的寂静。士兵一动不动地躺在地上，那张长满了雀斑的苍白的脸带着诧异的神色，嘴巴上挂着一抹血。但是他的头看上去好好的，没破，连一点口子也没有。弗兰奇不知道士兵是不是死了。

寂静突然消失了。她想起他们待在厨房里的时候，每当四周静悄悄的让弗兰奇感到不安，她都想到那是因为闹钟停了。她拿来闹钟，拧发条前她每次都要举起放在耳朵边听一会儿，只要她这么做，心里马上就松快了很多，可是现在她的手里没有闹钟。她的脑子里掠过巴尼到前厅找她的场景，以及巴尼在地下室里对她说的话，然后是在她面前做的那些让人恶心的事情；她没有把这些画面继续拼凑下去，只是说了几遍："太疯狂了。"房间里一片狼藉，士兵瘫在地，看上去好像不行了，墙上溅满了水痕，那是水罐里的水。她对自己说：离开这里！弗兰奇向门口走去，走到一半又转过身跑到窗户跟前，从那架云梯三下两下爬下来，落到地面上。

她跑得很快，像是从疯屋子或者米勒奇韦尔疯人院里偷跑出来的人，生怕有人追上她。她跑得飞快，顾不上看一眼四周的情况，当她跑到自己家屋子的拐角处时，高兴地看见约翰·亨利站在街灯底下，正在打量在灯光里飞来飞去的蝙蝠，弗兰奇这才松了一口气。

"罗伊叔叔找你。"约翰·亨利对她说，"你怎么抖得那么厉害，发生什么事了，弗兰奇？"

"那人是个疯子，我打了他，"她缓过劲儿来后对约翰·亨利说，"我拿东西砸在他的脑袋上，也许他死了！他是个疯子！"

约翰·亨利却毫不惊讶地看着她说："他怎么疯？"没等弗兰奇回答，他自言自语道，"他是不是在地上一边爬一边嘟囔，嘴里还流着口水？"有一天弗兰奇想骗贝莉尼斯玩，顺便给屋子里制造点高兴的事儿，就假装疯子，一边爬一边流着口水嘟嘟囔囔，但贝莉尼斯没有上当。

"他是不是就是那样的？"约翰·亨利问她。

"没有，他——"弗兰奇正想解释，可一看到约翰·亨利呆呆地瞪着一双孩子气的眼睛看着自己，马上意识到她给他解释不清！就是说了他也理解不了，看他那双绿眼睛就知道！还有他在纸上画的那些画！有一次约翰·亨利画了一幅画，上面是一个电线工人，攀附在电线杆子上，身子往后靠在保险带上，他画得很仔细，连电线工人爬杆子时穿的绝缘鞋也画出来了。他拿给弗兰奇看，弗兰奇看了后感觉怪怪的，于是又多看了几眼，这才看出那幅画的问题：本来约翰·亨利画的是电线工人的侧脸，可是他却画了两只眼睛，在一张侧着的脸上，一只眼睛画在离鼻梁略高一点的地方，另外一只画在刚才那只眼睛的下面，每只眼睛都有眼睫毛、眼球和眼皮，所以约翰·亨利肯定不是匆匆忙忙画的这两只眼睛，一张侧脸上却画了两只眼睛，这让弗兰奇觉得匪夷所思。但要因为这个去和约翰·亨利争，和他讲为什么不能在侧脸上画两只眼睛，那还不如对着水泥说话！为什么他会这样画？什么为什么？因为他是个电线工人呗。怎么错了？他不是正在爬电线杆子吗？总之你根本不可能理解约翰·亨利的想法，反过来他也理解不了弗兰奇的想法。

"忘了我刚才和你说的事儿好了。"说完她马上意识到自己不该这么说，这可能是她这辈子说的最糟糕的一句话，因为约翰·亨利肯定不会忘的。想到这儿，她赶紧抓住约翰·亨利的两个肩膀，轻轻晃了几下，警告似的对他说："你发誓你不给别人说。你说，'如果我说了，就让上帝把我的嘴缝起来，把我的眼皮缝起来，连耳朵也剪下来。'"

但约翰·亨利拒绝发誓，只是缩起脖子，他的大脑袋像是架在肩膀上，说："噢。"

弗兰奇揪住他让他发誓："如果你告诉别人，我就会被抓起来，我们就参加不了婚礼。"

"我不说。"约翰·亨利说。有时候你能相信他，有时候还真不能相信他。"我不是到处说闲话的人。"

她一走进屋子就锁上门，客厅里，爸爸正躺在沙发上读一份晚报，脱了鞋，脚上穿着袜子。有爸爸在家她感觉安全了好多，她紧张地听着窗外是不是有警车的声音往这边开来。

"我们真应该现在就去参加婚礼，"她说，"这才是我们最应该做的事情。"

她从冰箱里找到浓缩甜牛奶，喝了六小勺，才去掉嘴里恶心吧唧的怪味儿。她坐卧不安，等着警察来抓她。后来她开始收拾那几本从图书馆借来的书，把它们一一在客厅的桌上摆好，又找了根铅笔，翻开一本从图书馆借来的大人读的书，在它的扉页上写下这样一行字"如果你想读能让你颤抖的文字，请翻到六十六页"，然后她又翻到六十六页，在上面写道："电①！哈哈！"这么玩了一会儿后，她感觉心里踏实了不少，再加上爸爸在身旁，也让她心里的恐惧减轻了许多。

---

① "shock"一词在英语中有"震惊"的意思，当形容人被电击中时，也用"shock"这个词，所以十二岁的弗兰奇在这里和人们玩了一个偷换概念的游戏。

"应该把这些书还给图书馆。"

爸爸（他四十一岁了）抬起头，看了一眼墙上的钟，说："四十一岁以下的人这时候该去床上躺着去了，赶紧去，别说你不愿意睡觉。明天早晨五点我们就得起床。"

弗兰奇站在门口，磨蹭了一会儿后，问爸爸："爸爸，如果一个人拿水罐砸了另外一个人，那个人躺在地上一动不动，是不是说他就死了？"

可爸爸的样子让她恼火，他似乎并没有把弗兰奇的问题当回事地听，她不得不又重复了一遍刚才的问话。

"你为什么想起问这个问题？让我想想，我从来没有用水罐儿打过人。"爸爸说，"谁又挨了你一水罐儿？"

爸爸的样子就是在开玩笑，弗兰奇不想说下去了，她往楼上走去，一边走一边说："我这辈子还没有碰到一个地方像我们明天要去的冬山镇这样，让我这么开心。婚礼结束后我肯定会感激不尽，我们去了那么远的一个地方。我肯定会感恩的。"

上楼后，她和约翰·亨利脱掉衣服，关了马达和灯，两个人一起躺在床上——虽然她嘴上说不困，但还是闭上了眼睛。等到她再睁开眼时，一个声音在唤她起床，房间里，晨光洋洋洒洒。

第三部分

1

"再见，你这难看的破房子。"弗朗西斯[①]身上穿着那件圆点细纱的裙子，手里提着行李箱，离开了家，时间是六点差一刻，行李箱里装着那件婚礼上要穿的衣服，到了冬山镇后就可以换上了。镇子静悄悄的，天空像一面表面泛着银光的灰蒙蒙的镜子，在它下面，镇子不像真的镇子，倒像是天空的影子。他们乘坐的巴士六点十分开车——她独自找了个地方坐下来，离爸爸、约翰·亨利和贝莉尼斯很远，她表情矜持，像一个经常出门旅行的女孩儿。车离开镇子时，她同样在心里和镇子说了再见的话。很快她心里升腾起一个大大的疑惑，他们的车应该是向北开，但是她感觉车其实是在向南开，司机的解释也不能让她心安。最初灰蒙蒙的天空现在给清晨的朝霞染得通红，车窗外是一个明亮的世界。车经过大片的农田，红色的田垄排列整齐，太阳照在玉米地

---

① 弗朗西斯是弗兰奇的另外一个名字。

上，折射出蓝幽幽的碎光。再往后是大片的黑松林。随着车越开越远，四周的景色越来越像南方的风景，新城、勒维尔、齐霍，每个地方看着都要比前一个地方小，九点钟时他们到了花枝镇，虽然这镇子的名字听上去很美，但实际上比他们经过的所有镇子都丑，镇子上既看不见花也很少看见树，只有一间乡村小店，外墙上贴着一张支离破碎的马戏团海报，店门口只有一棵苦楝树，树下拴着一匹无精打采眯缝着眼睡觉的骡子。他们在花枝镇下车，在这里等去甜井镇的巴士，从始至终弗朗西斯的心一直悬着，几个人在花枝镇吃了早饭——饭是在家做好带来的，装在盒子里。虽说掏饭盒时她觉得有点丢人——因为只有那些很少出去旅游的人家才会出门时带饭，但最终还是战胜了怕被人看不起的想法。十点钟的时候，巴士离开了花枝镇，十一点钟时抵达甜井镇。接下来发生的事情简直没法形容。人像是在梦中，迷迷瞪瞪任人摆布。从"镇静"地和大人们挨个握手到一个人站在暴土扬尘的大路中间，再到眼睁睁地看着哥哥和他的新娘坐在车里绝尘而去，整个过程就像是一场灾难，或者说像一场出乎意料的噩梦。哥哥和他的新娘走了，剩下她一个人连哭带嚷地喊着：带上我！带上我！中午刚过，婚礼就结束了，四点钟，他们已经坐上了回程的巴士。

"戏演完了，雪停了。"约翰·亨利好像在背台词，他挨着爸爸坐在巴士最后面的那排座位上，嘴里念念有词，"现在我们可以回家睡觉了。"

可是弗朗西斯却恨不得这个世界消失才好。她坐在巴士后面的座位上，夹在窗户和贝莉尼斯之间，无声地流着眼泪：泪水像是小溪，流过脸颊，鼻子里还不停地淌清鼻涕。她脱下了婚礼上穿的礼服，一个人缩肩驼背地坐在座位上，当看到自己周围除了贝莉尼斯还坐着几个黑人时，嘴里小声吐出一句：黑鬼！——要知道这辈子她还从来没用这么恶毒的词汇骂过人。她痛恨身边的每一个人，除了想冲人吐唾沫、羞辱人外不想做任何事。约翰·亨利这下高兴了，看到她出丑比给他吃块好吃的蛋糕还高兴！她瞧不起他这副德行，他身上那件看着还算好看的上衣上面到处是草莓酱印子。她也恨贝莉尼斯，对这个女人来说，这场婚礼就是一趟愉快的旅行。爸爸说到家后再和她算账，她才不在乎呢！哪怕杀人她都不在乎！她恨所有的人，就连挤在车上的陌生人她都恨——虽然眼睛里都是泪水的她连那些人长啥样都没看清楚。她真希望她们的巴士掉进河里，或者和一列火车相撞。但她最恨的还是自己，她想让自己和周围的一切消失，消失得干干净净才好。

"振作起来！"贝莉尼斯说，"擦擦脸，擤干净鼻涕，事情会好的。"

贝莉尼斯有一块蓝色手绢，专门用来搭配她的蓝色礼服和蓝色鞋子——她把这块乔其纱质地的手绢递给弗朗西斯，这手绢不是擤鼻涕用的。可她不在乎。她和贝莉尼斯中间的座位上放着三块湿漉漉的爸爸刚刚擦过眼泪的手绢，贝莉尼斯拿起其中一块抹着眼泪，弗朗西斯看着，不为所动。

"他们让弗朗西斯在婚礼上靠边站。"约翰·亨利晃着他那颗大脑袋说。他居然在笑，露出一嘴七歪八扭的牙齿。爸爸咳嗽了一声，说："好了，约翰·亨利，别招惹弗朗西斯。"贝莉尼斯也对约翰·亨利说："坐回去！乖！"

巴士在行进中，她已经不管方向往南还是往北，它爱往哪儿开就往哪儿开。从一开始这场婚礼就让人觉得别扭，这一点很像他们在去年六月份的第一个星期玩扑克的感觉，当时他们玩了一把又一把，但是没有一个人拿到好牌，所有的牌都很糟糕，根本没法叫高一点的牌，后来还是贝莉尼斯觉出不对劲儿，说："我们别打了，先好好数数牌，看少牌没有。"于是他们开始数牌，结果发现里面没有王和王后。约翰·亨利承认是他偷了牌里的大王，后来为了配对又偷了王后，他说一开始他把偷来的牌折好放在炉子里，后来又偷偷地把它们带回了他家。他们发现了糟糕的扑克牌游戏的罪魁祸首，可是这场失败的婚礼的罪魁祸首是谁呢？

虽然她说不出婚礼上具体哪件事是错的，但这场婚礼肯定是个错误。那座外观整洁的砖房位于冬山镇的边缘，当她迈进房间的一刹那，便觉得眼睛似乎被什么东西轻轻刺了一下，房间里的玫瑰，打了蜡的地板，放在银盘子里的薄荷糖和坚果，这是这个房间留给她的最初印象。每个人都很亲切。穿着蕾丝花边裙子的威廉姆斯太太问她念几年级（问了两遍），还用大人和小孩子说话的语气问她想不想在婚礼开始前荡一会儿秋千；还有威廉姆斯先生，他人看上去十分和善，只是气色不太好，眼睛下面皱皱巴巴的皮肤有点像是放了很长时间的苹果核儿，他也问了弗朗西斯同样的问题：在学校里上几年级？婚礼上很多人都问了她这个问题，搞得她很疑惑。

她有一肚子话想对哥哥和他的新娘说，而且在路上就想好了，等到只有他们三个的时候，她要亲口和他们说出她的计划，而且不能让外人听见。可是到了婚礼上她却怎么也找不到机会——哥哥一直在那辆借来的用来度蜜月的汽车旁转来转去；新娘则被一大群漂亮的姑娘围着待在最里头的那个房间里。弗朗西斯一会儿去找哥哥，一会儿又回来看看新娘，她想找机会和他们单独谈谈，可是总也不行。这期间哥哥的新娘还特地过来抱了抱她，对她说她是多么开心，因为自己又多了一个小妹妹什么的，说完吻了她一下，当时她喉咙一酸，差点背过气去。后来她又去了趟后院，下定决心要告诉哥哥她心里的计划，可是哥哥一见她就把她举到空中，嘴里嚷着："瘦宝贝弗朗西斯，走路爱踢腿、拖拉腿、弯弯腿的弗朗西斯。"然后给了她一美元，就这样打发了她。

她站在房间角落里，看着被一堆女孩儿围在当中的新娘，恨不得冲过去对她说："我爱你和哥哥！我们是一起的！请把我带走吧！这是命运的安排。"或者她也可以这样对新娘说："我能麻烦您和我去旁边的屋子一趟吗？因为我有些事想对您和贾维斯说。"或者找到一个房间里只有他们三个的机会，她痛痛快快地对他们说出她心里的想法。她甚至很后悔，后悔自己在出来之前没有用打印机把自己这些想法打印到一张纸上，这样她就可以把那张打好的纸递给哥哥和他的新娘，好让他们一目了然！可是谁让她事先没有想到这个办法呢！到最后她只记得自己用微微发颤的声音问新娘：面纱放在哪儿了？——她的舌头已经笨到连说一句话都觉得费劲儿的地步。

"马上就要下大雨了。"贝莉尼斯说，"我这破关节简直就是天气预报员。"

婚礼上的所有人都穿得很简单，新娘穿了一件很普通的套装，头上戴了顶帽子，上面的面纱只有可怜巴巴的一小块。弗朗西斯庆幸自己这一路没有穿礼服过来，其实一开始她是想穿那件裙子上巴士的，后来发现不得劲儿，于是放弃了。整个婚礼她一直躲在新娘房间里，一直等到奏婚礼进行曲时才出来。虽然冬山镇的每一个人都对她很好，但她不喜欢他们叫她弗朗西斯，好像她是个小孩子似的。总之婚礼和她预想的完全不是一路。这让她回忆起六月份的牌局——一开始就是错的，一直错到结束，给人一种啥事都反过来的感觉。

"打起精神来！"贝莉尼斯说，"我正想做一件让你高兴的事，你想知道吗？"

弗朗西斯没有接贝莉尼斯的话，她甚至懒得看她一眼。这场婚礼像是一场不受控制的梦，又像是一出由她导演可是自己在里面却没有任何角色的戏剧。客厅里挤挤攘攘，站满了冬山镇的人，新娘和自己的哥哥站在房间尽头紧靠着壁炉的地方。对她来说，哥哥和他的新娘站在一起的样子，与其说是一幅让她头昏脑涨的画面，倒不如说更像是歌声带给她的感觉。她看着哥哥和他的新娘，脑子里只有一个念头：我还没有和他们讲，他们根本不知道我是怎么想的。她心里沉重得不得了，像吞进了一块石头。新郎吻完新娘后，有人端来了点心，宴会开始，房间里热闹起来。她磨磨蹭蹭地来到哥哥和新娘跟前，可是却不知道该说点什么。一想到他们不会带上她一起走，她心里难过得几乎要失控了。

当威廉姆斯先生帮哥哥拿出行李，弗朗西斯拎着自己的行李也跟了上去。后面发生的事情更像一场糟糕的剧场表演——一个疯子一样的女孩儿从听众席里冲上舞台，开始表演一段剧本里根本找不到也不应该出现的一场戏。她心里想说：我们是一起的。但是喊出来的却是：带上我！大人们都来劝她，她却不顾一切冲进哥哥的车里，死死抱着方向盘不撒手，直到爸爸和其他人连拉带拽地把她从车里弄出来，最后，她在暴土扬尘的大路上喊着：带上我呀！你们带上我！可是有什么用呢，新娘和哥哥发动车子，绝尘而去。

贝莉尼斯还在絮叨："还有三个星期就要开学了，开学你就要去七年级 A 班上学了，你会碰到很多新朋友，都是些好孩子，说不定你还能交到一个像艾莲·欧文那样对脾气的朋友，你们两个人那么要好。"

她最受不了贝莉尼斯这种好好说话的语气。"我压根儿没打算和他们一起走！我是和他们开玩笑！他们对我说，等他们安顿好后就请我过去做客，我才不去呢！给我一百万也不去！"

"我们知道你不是那样的人！"贝莉尼斯说，"现在听我说，我是这样计划的，过一阵子等你在学校熟悉了，也交了朋友，我们就开个桥牌派对！在客厅的桌子上摆上好些土豆沙拉，再放些小一点的橄榄三明治，就是你帕特姨妈为她们俱乐部开会时准备的那种——圆圆的，中间还有个圆洞，用橄榄点缀。你忘了那一次你吃得差点儿找不着北吗？那肯定是一个有趣的桥牌派对，那么多好吃的点心，这主意听上去怎么样？"

贝莉尼斯这种哄小孩子的做法让弗兰西斯恨死了她。她的心就这么廉价吗？她觉得自己受到了伤害。她把胳膊放在胸前抱好，微微摇着身体，心里愤愤地想：这是个骗局，牌被做了手脚，彻头彻尾的骗局！

"我们可以在客厅里举行桥牌派对，在后院举行化装派对，后院里有热狗①吃。总之一个派对要搞得很文雅，另外一个很粗犷。打桥牌赢了的人有奖，衣服穿得最有意思的人也有奖。你觉得这个主意怎么样？"

弗朗西斯不看贝莉尼斯，也不说话。

"你还可以给《晚报》的社会版编辑打电话，让他们把我们的派对消息登在报纸上。这样的话你的名字就第四次出现在报纸上了。"

可是她才不在乎自己的名字是否会上报纸呢！有一次因为骑自行车，她撞上了一辆汽车，报纸上报道了这件事，把她的名字写成弗兰奇·雅德姆斯。是弗兰奇！可是现在她已经不在乎自己的名字是否能出现在报纸上了！

"别难过啦！"贝莉尼斯说，"又不是世界末日。"

"别哭了，弗兰奇。"约翰·亨利也说，"我们到家后把帐篷支起来，在里面玩游戏！"

可是弗朗西斯控制不住，她还在哭，抽抽噎噎的声音像是要背过气去。"你住嘴！"她一边哭一边冲约翰·亨利嚷。

"听话，告诉我，你到底想要什么，如果我能做到，我肯定帮你做。"贝莉尼斯说。

"我就是……"弗朗西斯抽噎着说，"我就是希望……谁也别来打扰我。"

---

① 热狗（hotdog），一种面包里夹火腿肠的食物。

"好，那你就好好地哭，哭大声点，自个儿难受去！"贝莉尼斯说。

余下的路他们谁都不搭理谁。爸爸用手绢盖住脸声音很轻地打起了呼噜。约翰·亨利趴在爸爸的大腿上打着盹儿。巴士上的其他乘客都不说话，一个个似乎瞌睡得不行，车身发出低低的震动声，人像是待在摇篮里，晃来晃去。车窗外，天色将晚，晚霞消退的天空时不时掠过一只懒洋洋的秃鹰，道路呈十字交叉的形状，路两旁随处可见红色泥土覆盖的深沟。空旷的棉花田里，零零散散地立着几处灰不溜秋破破烂烂的小棚屋，远处耸立着几处青色的小山，山上是成片的肃穆的松林。弗朗西斯木然地看着窗外，四个小时过去了，她没说一句话。天空越来越低，渐渐向灰紫色靠拢，树木则被镀上了一层亮黄色，空气像是凝固了，天空传来一声闷雷，一阵大风掠过，像是一股水流流过树梢，暴风雨就要来了。

贝莉尼斯开口了，这次没说婚礼，说的是她的关节："我早就说了，我这俩关节难受得要命，这场大雨下来，人才能舒服点。"

大雨没来，连空气里都充满了期盼。风还是热的。弗朗西斯冲着贝莉尼斯笑了笑，笑里带着嘲讽的意味，能伤人的那种。

"别以为这事儿就这么过去了。"她说，"你如果这么想只能说明你见识太少。"

2

　　他们以为这事儿就算完了，可是对弗朗西斯来说，这事儿还没完，她要给他们瞧瞧，既然婚礼上哥哥和他的新娘没带她走，那她就自己闯荡天涯去。虽然她还不知道自己要去哪儿，可那又怎样，反正她今晚上就要离开这个镇子了。本来她是计划和哥哥以及他的新娘一起走，这样安全，可是他们不带她，那好了，她自己走，哪怕为此犯罪也心甘情愿。她想起来那个士兵，这还是自打前天晚上后她第一次想起这个人，因为这期间她一直把心思放在自己的计划上，而且，她也只是想了一下那个士兵就没再去想。晚上两点会有一列火车经过他们这个镇子，她可以坐那列火车离开，列车开往北边的方向，也许是去芝加哥，或者纽约。如果是去芝加哥，她就去好莱坞发展，写剧本，或者当个电影明星，如果没机会的话，她也可以去单口喜剧秀① 场表演。如果火车是

①　单口喜剧秀，类似于中国的相声表演，只不过是一个人表演。

去纽约，她就装扮成男孩，把名字和年龄都改了，去参加海军。爸爸还在厨房里走来走去，她得等他睡着了再行动。她在打印机前坐下来，给爸爸写了一封信。

亲爱的爸爸：

　　这是一封告别信，因为我以后给您写信的话肯定是在别的地方。我和您说过我会离开这个镇子，这是回避不了的。我无法再在咱们这个镇子住下去了，因为我觉得自己活得很累。我带走了那把枪，说不定什么时候它会派上用场。我会找机会挣钱，挣到了就给您寄回来。告诉贝莉尼斯别担心我，这件事情似乎是对命运的讽刺，但我必须去做。我会给您写信，求您，爸爸，别找我。

弗朗西斯·雅德姆斯敬上

　　纱窗上，几只白绿色的蛾子不安地扇动着翅膀。窗外的夜色让人感到诡异。热风停止了，空气仿佛凝固了似的，人每走一步似乎都有什么东西压过来，天空里偶尔传来打雷的声音，弗朗西斯身上穿着那条圆点纱裙，一动不动地坐在打字机前，门口放着一只打包好的行李箱。

　　过了一会儿，厨房里的灯熄灭了，从楼梯口那里传来爸爸的声音："晚安，弗朗西斯，晚安，约翰·亨利。"

　　她一直等着爸爸睡着。约翰·亨利早就睡着了，身子蜷缩在床角，衣服没脱，脚上还穿着鞋子，嘴半张着，一只眼镜腿从耳朵上掉了下来。她耐心地等着，直到等不下去了，才拎起行李箱，踮着脚尖不发出一点声音地下了楼。楼下黑灯瞎火的，爸爸的房间也黑着灯，整个屋子黑漆漆的没有一丝亮光。弗朗西斯站在父亲房间的门槛上，听了一会儿，他睡着了，听着房间里传来的轻微的鼾声，她心里有说不出的难过。

剩下的事情就容易多了。爸爸是鳏夫，做事情喜欢按习惯来：睡觉前把裤子搭在一张直背椅子上，钱包、手表和眼镜则放在五斗橱柜面的右手边。黑暗里，弗朗西斯悄无声息地移动着。她爬到五斗橱跟前，没费工夫便摸到了爸爸的钱包。接着，她拉开五斗橱的抽屉，动作很轻，耳朵还小心地听着动静，响声稍微大点便停下来。也许是因为她的手太热了，手枪攥在手里感觉凉凉的，很重。总之一切都很顺利，除了咚咚直跳的心脏让她感觉声音实在太大了，还有从房间里往外爬时碰倒了一个废纸篓，其他都很顺利。当废纸篓倒下的一刹那，房间里的鼾声停止了，爸爸翻了个身，嘟囔了一句什么，弗朗西斯屏住气，不到一分钟，爸爸的鼾声重新在房间里回响。

从房间爬出来后她把刚才写好的信拿到厨房的桌子上放好，然后蹑手蹑脚地去了阳台。可就在这时，意外发生了，黑暗里传来约翰·亨利叫她的声音。

"弗朗西斯！你在哪儿？"细细的声音好像要传遍夜晚的每个房间。

"别说话！"她小声命令道，"回去睡觉！"

她出来时忘了关灯，约翰·亨利站在楼梯口的亮处，头朝下看着，厨房里黑乎乎的一片。"你在干什么？厨房里怎么那么黑！"

"小点声!"她提高声音命令似的对约翰·亨利说:"回去睡觉,我这就上来。"

约翰·亨利走了,她等了几分钟,向后门摸去,打开后门的锁后来到屋外。虽然她动作很轻,可还是给约翰·亨利察觉到了,因为她听到他在屋里喊:"等等我,弗朗西斯!"喊声里带着哭腔,"等等我,我也去!"

她往房子拐角处走去。爸爸一定会被约翰·亨利哭咧咧的喊声吵醒的。夜色黑漆漆地团在周围,弗朗西斯正要迈腿跑的当儿,黑暗里传来爸爸喊她的声音。她躲在房子拐角处,看见厨房里的灯被人拧亮了,从摇摇晃晃的灯泡发散出来的金色光线投射在凉亭和黑乎乎的院子里,晃来晃去。爸爸也许正在看自己写给他的那封信,他肯定会来追自己回去的。想到这儿,她撒腿就跑,连气都顾不上喘,眨眼间已经跑过了好几个街区,行李箱不停地打着她的双腿,有几次她差点被箱子绊倒。爸爸出门时先得穿好裤子和衬衣,总不能只穿一条睡裤穿大街过小巷来追自己吧,这么一想,她又站住了,往身后打量了一眼,确定没有人追过来后她来到第一盏街灯下面站住,放下行李箱,从衣服前面的口袋里掏出钱包,用颤抖的双手打开。钱包里只有三美元五十美分——看来只能去扒车了,或者想其他办法。

可是她马上想到自己对扒火车这种事一无所知,大街上黑乎乎的,没有一个人影。扒火车说起来容易做起来难,那些流浪的人是怎么做到的呢?离车站还有三个街区要走,她一步一步地往车站方向蹭去,到车站后,才发现车站已经关门了,她在站台附近绕来绕去,昏暗的灯光下,站台显得那么长,空空荡荡,墙边立着奇卡来自动售货机，地面上散落着好多口香糖纸和硬糖包装的碎片。铁轨闪着冷冷的幽暗的光。远些的地方，几列货车停在轨道上，但是没有一列是挂着机车头的。火车两点才会路过这里，她能否学着书里那样扒上一列火车，从此远走他乡呢？稍远的地方，沿着铁轨有一盏红灯笼亮着，从灯光中可以辨认出那是一个铁路工人的身影，正朝这边慢慢走来。她觉得自己不能在车站晃到两点钟，于是便离开了，身上的包一个劲儿地往下拽她的肩膀，她不知道自己要往哪里去。

因为是星期六的晚上，大街上很冷清。红绿交替的霓虹灯和街灯的光交织在一起，让热烘烘的镇子笼罩在一片淡淡的迷离之中。一个歪戴帽子的男人经过她身边，一边在口袋里摸索着香烟一边掉过脑袋盯着她看。她想，不能再在镇子上晃悠了，因为爸爸肯定会来找她。她来到"芬妮小店"后面的巷子里，放倒箱子后坐在上面，这时才发觉自己手里居然还攥着一把手枪，她是不是疯了？她想起自己以前曾说过的话：如果哥哥和他的新娘不带上她的话，她就开枪自杀。她举起枪，枪口指着太阳穴，停留了一两分钟。如果这时候一扣扳机，她就死定了。死了就是一片黑暗，一切都消失得无影无踪，只剩下无边无际的黑暗，一直延伸到世界的尽头。她放下手枪，默默地告诉自己：她在最后一分钟改变了主意。她把手枪放进行李箱。

巷子里黑乎乎的，垃圾箱散发出一股臭烘烘的味道。一个春天的下午，朗·贝克被人发现躺在这条巷子里，喉咙被割开了，人们发现他时他已经死了，脖子上的口子像一张流着血还在说话的大嘴。弗朗西斯想起那个士兵，不知道他是不是也死了，她用水罐儿砸了他的头，她不由得害怕起来，心更乱了。要是有人在这里陪她就好了！她想去找哈尼，和哈尼一起逃走！可是她又想起哈尼说过他今晚上要去叉瀑，明天才回来。她想到耍猴人和猴子，也许他们可以带自己离开这里。这时一阵窸窸窣窣的响声传来，她一蹦老高，就着巷子那头儿透过来的灯光，看到一只正在往垃圾箱上跳的猫，她小声喊那猫："查尔斯！"后来又换成："查琳娜。"但它显然不是她的那只波斯猫，她磕磕绊绊地朝垃圾箱走过去，猫立刻一蹿了之，消失得无影无踪。

黑暗让她感到恐惧。她提起行李箱朝着小巷另一端有亮光的地方走去，为了不暴露自己，尽可能地让路边房子的阴影掩护自己，她尽可能地靠着人行道边儿走。要是有人能告诉她该怎么做就好了，告诉她应该去哪儿，怎么去！大妈妈的预言看来是真的——她对那趟旅行，离开和返回的预测都是对的，就连大妈妈提到的棉花包的事也是真的，因为他们在从冬山镇回来的路上亲眼看见了一辆满载着棉花包的卡车。还有那笔钱，她在爸爸的钱包里找到的钱，可以说她亲身验证了大妈妈的预言。她要不要现在就去苏格维尔大妈妈的家，告诉大妈妈自己用光了所有的钱，让她预测一下自己下一步应该怎么做？

小巷阴影之外的那条大街看上去阴郁无比，可口可乐广告牌上的霓虹灯不停地闪来闪去，仿佛在召唤她。路灯下有个女人，溜溜达达，似乎在等人。一辆加长汽车开过来，车窗关得严严实实，从外观判断那是一辆帕卡德牌轿车，车子几乎是贴着马路牙子在开，她突然想起黑帮的车就是这么慢吞吞地贴着马路牙子开的，她吓了一跳，立刻后退几步，缩起身子贴紧墙根，紧张地盯着那辆汽车。汽车慢吞吞地开过去后，马路对面的人行道上出现了两个行人的身影，她心里又是一阵哆嗦，身体里腾地燃起一团火苗，那两个人一定是哥哥和他的新娘！他们一路找过来，现在就在对面，可是顷刻间火苗熄灭了，那只是两个陌生人，她呆呆地看着。随着那两个身影消失，她的胸腔似乎被掏空了，可是那空空的胸腔末端还有一个东西在往下拽，碰着了她的胃，她感到一阵恶心，她心里告诉自己赶紧行动，迈开腿，从这儿逃出去，可是却怎么也挪不开步子，无奈之下她只好闭上眼睛，把头靠在还有点热乎的墙上。

等到她终于走出那条小巷，已经是后半夜了，她心里软塌塌的，任何主意对她来说都是好主意。她一个主意一个主意地想，搭顺风车到叉瀑，找到哈尼，或者给艾莲·欧文发电报，告诉她两个人在亚特兰大见面，她甚至想返回家，带上约翰·亨利一起走，这样至少有个人陪她，而不是让她一个人单枪匹马地去闯世界。可最终她还是放弃了这些念头。

就在她心乱如麻觉得这也不行那也不行的时候，突然想到了那个士兵，这一次没有像上次那样，士兵的形象在她脑海里一闪而过，而是一直停留在她脑海里，怎么也甩不掉。她心里不禁问自己，是不是应该在永别之前去一趟蓝月亮酒吧，打听一下那士兵是否死了。这个想法一出现，她便觉得再好不过。她朝前卫大街的方向走去。如果那士兵真的没死，她应该对他说什么呢？接下来的念头是怎么冒出来的，她不知道，因为她突然想到自己也许可以和那士兵结婚，两个人远走他乡。那士兵虽然后来表现得像个疯子，但一开始对她还是挺好的。这个突然冒出来的念头是她以前从来没有想到过的，不过听上去不是没有道理，紧接着她想起大妈妈对她说的预言中的另一段话，大妈妈说她会和一个蓝眼睛浅头发的人结婚，那士兵可不就是长了一双蓝眼睛，头发颜色也是浅红色，这就足以证明她应该去蓝月亮找他，这么做就对了！

她加快了脚步。那天晚上发生的一幕像是发生在很久以前的事情，这倒让她突然看清了那个士兵。她想起酒店房间里的沉默气氛，自己和那个士兵之间的撕扯以及过后的沉默，还有汽车间里的让人恶心的谈话——这些片段在她心里一一闪过，就好像沉沉夜幕上一架飞机被探照灯锁定，她一下子明白了什么，心立刻变得哇凉哇凉的。她停住脚步等了一会儿，然后向蓝月亮酒吧走去。路两旁的商店门全都关得死死的，典当行的窗户用十字交叉的贴条封得严严实实，那是为了防备夜里来的强盗。四周漆黑一片，只有从那些房前是木头台阶的建筑物里能看到点灯光，还有蓝月亮酒吧，在夜色里一闪一闪地发着绿光。从它楼上的房间里传出吵架的声音，然后是两个男人渐行渐远的脚步声。士兵已经被她抛到了脑后，刚才的发现彻底打碎了他在她心里的形象。她心里只有一个想法：找到一个人，可以是任何人，只要他能同她结伴共闯天涯就行。她终于意识到自己输了，她害怕一个人闯荡世界。

那天晚上她没有远走高飞——警察在蓝月亮酒吧里抓住了她。她并不知道蓝月亮酒吧里坐着警官。当时她走进酒吧，一直走到靠窗户的桌子旁，然后坐下，把行李箱放在地板上。自动点唱机里正在放一首难听的歌，那个葡萄牙店主站在柜台后面，闭着眼睛，手随着歌曲的调子一上一下轻轻点着木头柜台。店里只有几个顾客坐在角落里，在蓝色的灯光下，他们的包厢好像暮色的海洋深处。直到那个叫威利的警官出现在自己旁边，弗朗西斯才意识到发生了什么，她抬头看着警官，心脏一通乱跳，然后就平静了。

"你是罗伊·雅德姆斯的女儿吧？"警察问她，弗朗西斯乖乖地点点头。

"我这就给总部打电话，告诉他们找到你了，你待在这儿别动。"

威利警官去了电话亭。他肯定是打给监狱，让那些警察开着警车过来把她送进监狱待着，她已经不在乎了。很可能是因为那个士兵死了，这些警察顺着线索找遍镇子来逮捕她。也许那些警察还发现她从希尔锐步百货商店里偷走了一把三棱刮刀。她现在尚不清楚警察抓她的原因，至于她在春天和夏天犯下的罪行是否会合并成一个罪行，那不是她可以知道的。现在回想那些她做过的事情和犯过的罪行似乎是别人做的，是一个个陌生人很久以前做过的。她把两条腿紧紧地缠在一起坐着，身子几乎一动不动，两只手攥着放在大腿上。警察打了很长时间电话，这期间她茫然地看着前方，从前面的包厢里站起来两个人，挨得紧紧的，开始跳舞。纱门砰地响了一下，一个士兵闯了进来，他穿过屋子，向楼梯口走去，她认出了那个士兵，但是心里却像个陌生人似的看着那个士兵一步步地上了楼，她心里闪过一个念头：一个长着那样一头红色卷发的脑袋就是个水泥脑袋。除了这个念头，她心里没有任何感觉。她的心思转而回到监狱上，想着自己将来是否不得不靠那些冷豆子、冷玉米面包活下来，而且还得住在铁栏杆围成的牢房里。这时那警察打完电话回来，坐在对面问她：

"你怎么闯到这地方来了？"

警察穿着蓝色的制服，他很高，严肃的样子仿佛在告诉弗朗西斯，一旦被逮捕，撒谎和狡辩是不明智的。他的脸有点胖，四方额头，两只耳朵不对称——一只耳朵明显比另一只要大，人看上去似乎很累。当他问弗朗西斯话时，并不看她的眼睛，而是把视线落在她头顶上方的一个位置。

"我怎么到这儿来的？"弗朗西斯重复了一遍警察的问话。她也忘了自己为什么来这里的原因，只好实话实说："我也不知道。"

警察的声音听上去很遥远，仿佛走廊那头儿有一个人在问："你要去哪里？"

世界现在成了很遥远的事情，遥远到弗朗西斯很难再想起它。世界不再是过去她眼里的世界——硝烟弥漫，失去了控制，以每小时一千英里的速度飞速旋转；现在她眼里的世界无比庞大，是静止的一个平面。在她和那些地名之前横亘着一段她根本不可能穿越的巨型峡谷般的距离和空间。她的那些投身电影行业或者参加海军的想法很幼稚，根本不可能实现，想到这儿，她的回答便谨慎小心起来。她要说一个小地方的名字，不光小，听着还挺破，反正要让这名字和逃跑这件事很配，不会引起别人的怀疑。

"花枝镇。"

"你爸爸给警察总部打电话，说你留下一封信就走了，我们在汽车站找到了他，一会儿他就过来带你回家。"

原来是爸爸叫警察来找她，看来她不会被送到监狱去了。弗朗西斯有点难过，待在一个四面有墙的监狱里比待在无形的监狱里要好过得多，至少你可以通过捶墙来发泄自己的情绪。外面的世界彻底离她而去，想走已经不可能了。她感觉自己又回到了令人恐慌的夏天，又一次被那种和世界隔离开的感觉所包围——这场婚礼加速了她的恐慌，甚至让她感到恐惧。她想到昨天，那是唯一让她觉得自己和其他人有牵挂，觉得两个人之间彼此接纳认同的时间。她看着那个葡萄牙人，他还在玩着在桌面上弹假钢琴的游戏，手里的节奏对应点唱机里歌曲的节奏，他的身子轻轻摇摆着，指尖在柜台上一上一下地跳跃。在柜台那一端坐着一个男人，手里抱着杯子，他抱得很紧，生怕有人抢他的杯子似的。当曲子停下后，葡萄牙人重新把两只胳膊抱在胸前。弗朗西斯死死地盯住葡萄牙人，她想让他看她，要知道他是第一个她告诉对方自己婚礼计划的人，但是葡萄牙人只是用那种主人的眼神环顾了一下四周，目光草草地在她身上掠过，眼神里全然没有那种她认为是"感应"的东西。她掉转头，看着酒吧里的其他人，他们也一样，陌生得要命，酒吧里蓝光闪闪，她觉得自己像是一个溺水者。实在没办法了，她只好看着那个警察，警察也在看她，警察的眼睛像是瓷做的玩偶的眼睛，弗朗西斯从里面看到了自己的脸，那是一张失魂落魄的脸。

　　随着"砰"的一声响，纱门被打开了，她听见警察说："你父亲来了，这就带你回去。"

3

　　弗朗西斯再也没有和人说起过那场婚礼。秋天来了，天气逐渐转冷，她十三岁了，家里也发生了一些变故，爸爸决定和她搬去镇子的一个新区去住，和帕特姨妈和艾斯特斯姨父住在一起，贝莉尼斯也辞了工，说要嫁给 T.T. 威廉姆斯。贝莉尼斯走前的那个下午，弗朗西斯陪着她，两个人待在厨房里，这是她们共同度过的最后一个下午，十一月的季节，东边的天空被染成了石竹花的红色。

　　房间里空荡荡的，所有的家具都被卡车运走了。楼下的卧室里只剩下两张床，厨房里还留着一些家具，就连这些家具明天也会被运到新家去。弗朗西斯来到厨房，这是好长时间以来她第一次在厨房里和贝莉尼斯坐这么久，厨房给人的感觉似乎不再是夏天的那个厨房，总之一切仿佛都是很久很久以前的事。墙被刷过，墙上的涂鸦不见了，地板上也铺了油毡，用来盖住裂开的地方，连那张桌子也被挪了位置，推到墙角，反正再没有人坐在它旁边陪贝莉尼斯吃饭了。

粉刷一新的厨房看着很气派，待在这里很难再想起约翰·亨利。但是有几次弗朗西斯觉得约翰·亨利出现了，好像是个灰灰的影子，像幽灵一样在房间里飞来飞去，房间里安静异常，一点声音都没有。同样的情况也发生在哈尼的名字被提起时，哈尼成了犯人，被关在外地的一所监狱里，他被判了八年。今天也是这样，房间里没什么声音，没人吭声。

弗朗西斯安静地做着三明治，把它们做成各种好看的形状，这些三明治是为玛丽·利特·约翰准备的，她五点钟要来。弗朗西斯偶尔抬头瞥一眼贝莉尼斯，贝莉尼斯坐在椅子上，身上穿着一件旧毛衣，有些地方磨破了，露出线头儿，她的两只胳膊耷拉在身体两侧，腿上搁着那件鲁迪送给她的狐狸皮领子，狐狸的毛看着黏糊糊的，脸也是又窄又小，苦巴巴地像是在哭。火炉里跳动的光把房间里照得深浅不一，影子不停地变换着。

"我最近疯狂地喜欢上了米开朗琪罗的作品。"弗朗西斯说。

玛丽说五点过来，和她一起吃晚饭，顺便在这里过夜，然后明天和她们一起去新家玩儿。玛丽如果看中书上某位大师的画，会把它们剪下来粘在她自己的一个美术本上。弗朗西斯和玛丽常常一起读丁尼生①的诗歌。两个人已经说好了，长大后玛丽做一位伟大的画家，弗朗西斯做一位伟大的诗人——万一做不成诗人，她就做一位雷达专家。玛丽的爸爸曾在一家拖拉机厂工作过，他们一家以前在国外住。弗朗西斯和玛丽已经说好了，等到弗朗西斯十六岁，玛丽那时十八岁，两个人结伴去周游世界。弗

---

① 阿尔弗雷德·丁尼生（Alfred Lord Tennyson），英国维多利亚时代的著名诗人。

朗西斯把做好的三明治放在盘子上，又在盘子上放了八块巧克力和一些咸坚果，这是夜宵，是午夜时两个人躺在床上吃的。

"我告诉过你了，我们要一起周游世界的。"

"你说你要周游世界？！"贝莉尼斯的声音里明显带上了酸溜溜的味道，"和那个玛丽·利特·约翰一起？"

贝莉尼斯不懂米开朗琪罗和诗歌，玛丽也不懂。贝莉尼斯还说玛丽太胖，身材又松又垮，像是棉花糖，弗朗西斯为此和她吵了一架——她不许贝莉尼斯这样挖苦玛丽。玛丽留了一根大辫子，长得一直到屁股那儿，她的头发颜色是浅黄色和棕色的，辫梢用橡皮筋儿（有时候是一条丝带）绑紧。玛丽的眼睛是棕色的，眼睫毛却是黄色的。每次她咬指甲的时候，手背上便出现了几个肉窝儿，手指肚仿佛一个个粉色的小肉团儿。玛丽她们家（利特·约翰家族①）信奉天主教，贝莉尼斯小心眼到连这一点也揪着不放，她说罗马天主教徒都是偶像崇拜者，他们一心想让教皇统治世界。但是在弗朗西斯看来，这没什么大不了的。

"你这样议论人家有什么用？！你又不了解人家！你懂什么！"有一次她这样反驳贝莉尼斯，贝莉尼斯立刻不说话，眼睛里的神气也不见了。弗朗西斯知道自己这样说伤害到了她。这一次也一样，因为不喜欢贝莉尼斯尖酸的口气，所以她故意这样说，可是说完她就后悔了，就又加了一句："不管怎么说，玛丽选我做她的朋友，而且是从那么多人里选了我做她的朋友，我很骄傲。"

"我说过她什么坏话了吗？"贝莉尼斯说，"我只说过每次看

---

① 利特·约翰家族，在这里指玛丽家。

见她坐在那儿嚼她那根猪尾巴①，我就替她难受！"

"是辫子！不是猪尾巴。"

一队大雁扇动强壮的翅膀，排成箭头的形状飞过院子上空。弗朗西斯走到窗户跟前：窗外的青草已经枯黄，草叶边缘凝着一层冷霜，邻居家的屋檐蒙上了一层淡淡的霜色，就连从锈迹斑斑的亭子里探出来的叶子也带着一层霜。弗朗西斯回到厨房，屋子里很安静，贝莉尼斯低着脑袋，胳膊肘放在膝盖上，用手撑着额头，弓着背坐在那里，用那只浑浊的好眼盯着煤球。

十月里还发生了一些事情。两个星期以前，弗朗西斯和玛丽在一个售卖会上相识并结为朋友，蝴蝶扇动白色或黄色的翅膀在秋天最后一拨开放的花丛中翩翩起舞的时候，马戏团也来了；有一天晚上，哈尼抽了大麻烟（就是人们说的那种叫烟或雪茄的东西）后失去理智，打碎了卖给他大麻的白人店主店铺的玻璃，想从里面偷点大麻出来。他被抓住了，被关在监狱里，等着审判，贝莉尼斯四处凑钱，又去见律师，想让律师帮助她见哈尼一面。她出去了三天，回来后那只好眼通红通红的，人看上去很憔悴，干什么都不耐烦，还说她头疼得要命，约翰·亨利趴在桌子上，也喊头疼。但是没人理会，她们以为他是在学贝莉尼斯。

"你去别处玩吧。"贝莉尼斯说，"我没心情哄你。"这就是她对约翰·亨利说的最后几句话，后来贝莉尼斯很后悔，说她对约翰·亨利说的这些话，死时一定会被审判。约翰·亨利得了脑膜炎，十天后他死了。弗朗西斯一直无法相信约翰·亨利死了这件

---

① 原文为 pigtail，在英语中 pigtail 有辫子的意思，光看字面是"猪尾巴"的意思。

事。他死的时候正是秋色最灿烂的时候，金灿灿的，到处是盛放的雏菊，蝴蝶流连其间。天气越来越冷，天空也一天比一天清冷，像是浅湾里水的颜色。

大人们不让弗朗西斯去看约翰·亨利，贝莉尼斯每天都去，帮助护士照顾约翰·亨利。每天傍晚时她回到家，声音沙哑地说起约翰·亨利："我不明白为什么要让那孩子那么痛苦。"贝莉尼斯这样说。弗朗西斯无论如何也想不到痛苦这两个字会和约翰·亨利扯上关系，这个以前只有她觉得自己的心被那种莫可名状的空虚感侵袭而皱缩的时候才会体会到的字眼。

马戏团也来了，主街上立起一面大旗。马戏团在主街旁边的空地上表演了六天六夜。弗朗西斯去了两次，每次都是和玛丽一起去的，两个人几乎玩了所有的游戏，就是没有去怪人屋，因为玛丽她妈告诉她们说人看多了那些怪人会生病。 弗朗西斯给约翰·亨利买了一根拐杖，又让贝莉尼斯给他捎去自己抽奖赢来的毯子。但是贝莉尼斯很严肃地说约翰·亨利现在不能玩这些了，语气听着让人害怕。随着一天天过去，贝莉尼斯的话听着让人愈发害怕，弗朗西斯虽然害怕得不行，但是心里还是不相信贝莉尼斯说的。约翰·亨利喊了三天三夜，眼球被挤到眼角一边，卡在那里动弹不了，他彻底瞎了。 他死的时候头往后僵硬地仰着，他已经没了力气喊叫。马戏团走后的第二天，约翰·亨利死了，那是个星期二的早晨，金色的阳光下，有很多蝴蝶在飞，天空清澈如水。

也就是在那几天贝莉尼斯找到一个律师，他帮贝莉尼斯见到了哈尼。"我不知道自己做了什么要受到这些惩罚，"贝莉尼斯絮絮叨叨地说，"哈尼被关起来了，约翰·亨利也死了。"可是弗朗西斯对这一切还是无法相信，直到有一天她被大人带到位于欧佩莱卡[①]的一块家族墓地面前，亲眼看见了放着约翰·亨利的棺材，才相信他确实死了。那块墓地里也埋着查尔斯大叔。有一两次她做噩梦梦见了他，查尔斯大叔看上去像是百货商店橱窗里摆放着的木偶，双腿是蜡做的，只有关节那块儿能动两下，蜡做的脸蛋看上去干巴巴的，五官似有似无，一点一点地朝她靠近，她给吓得惊醒过来。还好那样的梦她只做过一两次。她大部分的生活被雷达、学校和玛丽·利特·约翰占据。她想起约翰·亨利的次数越来越少，即便想起，也很少能感觉到他的存在——那种默不作声、徘徊的幽灵般的存在。偶尔发生过几次，也是在黄昏时分和房间里特别安静的时候。

"我去店里玩，看见爸爸收到了贾维斯的一封信。哥哥说他现在在卢森堡，"弗朗西斯说，"卢森堡，你不觉得它听上去特别可爱吗？"

贝莉尼斯强打着精神说："哦，宝贝，这个名字让我想起一种肥皂水，这名字真好听。"

"新房子有地下室，还有洗衣房。"弗朗西斯停了一下，说，"等我和玛丽周游世界的时候，很可能会经过卢森堡。"

弗朗西斯走到窗前，时间快五点了，晚霞几乎消失殆尽，只有在靠近地平线的地方还残留着淡淡的一抹。夜色降临得很快，这在冬天并不是什么稀罕事。"让我生气的是——"话没说完，一阵门铃声传来，房间里的静默瞬间被动摇打散，弗朗西斯的心立刻变得欢畅无比。

---

① 欧佩莱卡（Opelika）是美国南部亚拉巴马州的一座小城。

婚礼的成员

HUNLI DE CHENGYUAN

图书在版编目（CIP）数据

婚礼的成员 / （美）卡森·麦卡勒斯著；斯钦译. --
桂林：广西师范大学出版社，2022.5
　ISBN 978-7-5598-4789-8

Ⅰ．①婚… Ⅱ．①卡… ②斯… Ⅲ．①长篇小说－
美国－现代 Ⅳ．①I712.45

中国版本图书馆 CIP 数据核字（2022）第 049117 号

广西师范大学出版社出版发行

　广西桂林市五里店路 9 号　　邮政编码：541004
　网址：http://www.bbtpress.com
出版人：黄轩庄
全国新华书店经销
湛江南华印务有限公司印刷
　广东省湛江市霞山区绿塘路 61 号　邮政编码：524002
开本：880 mm × 1 230 mm　　1/32
印张：6.375　　字数：135 千
2022 年 5 月第 1 版　　2022 年 5 月第 1 次印刷
印数：0 001~8 000 册　　定价：42.00 元

如发现印装质量问题，影响阅读，请与出版社发行部门联系调换。